I0631644

نزوة الاحتمالات
والظلال

نزوة الاحتمالات والظلال

مازن عرفة

عدد الصفحات: 190

الطبعة الأولى: 2025

الناشر: الخيّاط

جميع الحقوق محفوظة للناشر والمؤلف

إخلاء مسؤولية

إن جميع الآراء والأفكار والتحليلات والمضامين الواردة في هذا العمل تعبّر عن وجهة نظر المؤلف حصراً، ولا تعبّر بالضرورة عن موقف دار خيّاط للنشر أو تبنّيها لأي منها. في الأعمال الروائية والخيالية، فإن جميع الشخصيات والأحداث إما من وحي الخيال أو جرى توظيفها لأغراض أدبية بحتة، وأي تشابه مع أشخاص أو وقائع حقيقية هو من قبيل المصادفة البحتة. وفي الأعمال البحثية أو غير الخيالية، تبذل الدار والمؤلف جهدهما للتأكد من دقة المعلومات عند النشر، إلا أن الدار لا تقدّم أي ضمانات صريحة أو ضمنية بشأن اكتمال هذه المعلومات أو خلوّها من الأخطاء، ولا تتحمل أي مسؤولية عن أي ضرر أو خسارة قد تنشأ عن استخدام القارئ للمحتوى خارج سياقه المقصود. تحتفظ دار خيّاط للنشر بحقها في رفض أو سحب أي إصدار يتبيّن لاحقاً مخالفته للقوانين أو انتهاكه لحقوق الغير، دون أن يعد ذلك تبنّياً أو مصادقة على الأفكار أو المواقف الواردة فيه.

ISBN: 978-1-96142-055-7

First published in 2025

Copyright © Mazen Arafeh

KHAYAT®
PUBLISHING HOUSE

Washington, DC
United States
+17712221001
info@khayatpublishing.com
www.khayapublishing.com

مــازن عرفــة

نزوة الاحتمالات والظلال

روايــة

إلى حفيدي جود..

أمل بمستقبل إنساني أفضل على دروب الحرية.

شكر خاص إلى:

الصديق إدريس سالم

الصديقة ضحى عبد الرؤوف المل

لمواكبتهم مشروعي الروائي منذ بدايته بكل الحب.

ـ. المحتوى .ـ

(1)

أنا إله الخصب والشبق

أنا الزعيم الجنرال... هكذا، انبثقتُ إلى الحياة في "حكاية جديدة". فـي ذاكرتـي ومضـات بعيـدة، مبهمـة وغامضـة، مـن "حكايـة قديمة"، تشتعل فيها برارٍ موحشة، تمتدُّ دون نهايات، يكتنفها الغموض والريبة، لا تعمرها إلا كائنات سحرية متشيطنة، أعيش بينها. ثم امتلأت بوحوش غريبة الخلق والطباع، حضرت معي من "بلاد الغرائب والعجائب". وكي لا تنكشف حقيقتها أمام الناس، حوّلها لي "سيد أكوان الشر" إلى "جنود يرتـدون ملابـسَ مموهـة"، انتقلوا معي إلـى "الحكاية الجديـدة"، وهم يرافقوننـي فيهـا باسـتمرار، وأنا فقـط من يعرف حقيقتهـم. لكن الناس، عندمـا يصادفونهم، يولون الأدبار، مذعورين، مع أن أشـكالهم الخارجية اتخذت هيئة جنود، فهل يتوجسون بحقيقتهم؟

على كل الأحوال، هكذا تبدأ "الحكاية الجديدة".

أسـتيقظ فـي الصبـاح، متأخـراً كالعادة، علـى الأريكة الواسـعة، بين أجسـاد وصيفاتـي المنـاضلات الثوريـات الناعسـات، ولا تـزال بـي بقية مـن ثمالـة عربـدة ليلـة البارحـة، التي احتسـيت فيها زقّ نبيـذ مقدس.

كان جنودي قد اخترقوا التاريخ، وسافروا إلى بلاد "المدن - الممالك الكنعانية" السعيدة، ومن أحد أقبية معابدها، استولوا على براميل من هذا النبيذ المعتّق، وأحضروها إلي في قافلة محمية بالدبابات، مجتازين بها ممالكَ وإمبراطوريات تاريخية. يثير بي طعم عتاقة النبيذ حنيناً غامضاً، ليس فقط إلى جذور لي، مزروعة في تلك البلاد السحيقة القِدم، بل وأيضاً إلى دغل كثيف سحري في الأعالي، يعبق برائحة غريبة لشذى تفاح وعنب.

تصحو معي وصيفاتي المستلقيات على الأريكة، يتأجج صباحهن بالتقلّب على جسدي، الذي يختفي تحت فحيح عريهن النضِر، ويمتصصن بنهم رحيقه الإلهي. أثناء ذلك، يحضر البطل "أبو عدنان"، رئيس جهازي الأمني، ويقرأ "التقرير الصباحي" عن أحوال الرعية في بلادي. أشعر بانشراح عظيم، والسرور يغمر أعطافي السلطانية، ووجداني الثوري، ويبلل لحيتي وشنبي الأيسر بندى دموع متألقة، تسقط من عينيّ الساحرتين. شعبي المناضل يُحبني، يؤدي طقوس عبادتي صلوات عامرة الإيمان، بتراتيل الشعارات الثورية الممجدة لعظمتي، في المنازل، والمزارع، والمصانع، والمدارس، والشوارع، والحانات، والمواخير، وحتى في الأحلام.

كنت قد انبثقتُ ذات صباح زعيماً جنرالاً ثورياً وسلطاناً تاريخياً معاً، في الجمهورية، المملكة، التي تنعم بالأمن والاستقرار والرفاهية تحت رعايتي، بحماية جنودي ذوي الملابس المموهة. لا أتذكر كيف انبثقتُ، ولا أتذكر شيئاً من طفولتي أو شبابي، إنما هكذا وُجدت فجأة على عرش السلطة؛ الأريكة.

يـروي لـي مستشاري المـؤرخ "تاريخـكان"، حكايـة مجيـدة عـن جذوري السـلطانية النبيلـة، لـم أسـمع بهـا إلا منـه؛ حكايـة تغوص في أعماق الماضي، وتنير الحاضر، وتشكل درباً للمستقبل. وأنا فيها سليل عائلة مقدسة، استمرت في حكم مملكة، تمتد من الشطآن الواسعة حتى الجبال الشاهقة، لم أسمع أيضاً في السابق بأي من أسمائها. لكنَّ مستشاري الثاني، الأيديولوجي "ثائركان"، لا يمانع من فكرة أنني قادم، في الوقت نفسه، على رأس ثورة يسارية طبقية تاريخية، تملأ شعاراتها الحاضر والمستقبل، وأيضاً لا أتذكر شيئاً عنها.

مـع أنـي أعـرف أن الاثنين يستعرضان حكايات كاذبة، فأنا أعرف أن أصولي أسمى؛ سماوية مقدسة بهية، إذ تنتابني ومضات عن كياني؛ إله يضطجع على أريكة في الأعالي، تحت شجرة تفاح وكرمة متشابكتين. ومع ذلك، فقد رضختُ حالياً لحكايتَي المستشارَين، اللتين امتلأت بهما الكتب الدراسية والوثائق الرسمية، ويستلهم منهما شعبي الأفكار النيّرة عن السـعادة المشـرقة. من أجل هذا، أرخيت لحية سلطانية مشـذبة، مطعَّمة بشعيرات بيضاء، رمز الوقار التاريخي، تمثل عودتي إلى التراث الأصيـل، إنمـا دون أن أتخلى عن شـنبي اليسـاري العرمـرم، رمز ثوريتي المعاصـرة، فيمـا حلقت شـنبي اليميني، مسـتأصلاً بـه الـرؤى اليمينية الرجعية المحافظة. ومثلي، أرخى جنودي لحية وشنباً يسارياً، كجزء من هندامهم العسـكري المموّه، وقد أصبحا موضة بين الشـباب من أفراد شعبي المُحب لي.

أمرتُ ببناء قصر ملكي مهيب، على رأس تلة مشرفة على عاصمتي، حيـث تغرب الشـمس. للقصر قبـاب شـرقية، زُينـت بزخـارف مبرقعة

بألـوان كامـدة، علـى نمط ألوان بذلات جنودي العسـكرية. وفي قصري، لا تنطفـئ أنـوار السـراجات، لا لـيلاً ولا نهاراً، في حين منعـت الكهرباء عن المدينة، وتمت الاستعاضة عنها بفوانيس في الشوارع، وشموع في المنازل، على خطى تراث الأجداد الأصيلة.

نصبـتُ أريكة، عرشـاً لي، في صدر إيوان، يطفو على نـدف غيمات اصطناعية، ذكرى ومضات سماوية، عشتها في ذاكرة مبهمة. يتألق مرمر الجدران الليلكي والنبيذي بتوشيحات ورسـومات شـبقية مثيرة، تعبيراً عن فحولتي. تتوسطها فسقيات بنوافير موسيقية، استعضت فيها عن الماء بالنبيذ، من أجل أن ينتشي فضاء المكان بثمالته باستمرار. وجعلت في الجانب مغطسَـي استحمام واسعين، واحد يطفح بحليب النوق، من أجـل عودة أجسـاد مستشـاراتي الوصيفات إلى نضارتها الطبيعية، بعد إنهاكهـا في ليالي متعتي الحمراء، والثاني بالشـمبانيا الفوارة، من أجل الانتعاش بمذاق تقبيلهنّ من جديد. من هنا أدير دفة البلاد.

اختـرتُ مجموعـة مـن المناضلات الثوريـات مستشارات وصيفات أمينات لي، لا يفارقن إيواني. خلعن ملابسهن المموهة الثورية المغبرة، وارتديـن غلالاتهن الشـفافة التاريخية، على خطـى الجواري العظيمات، اللواتي بنين أمجاد السلاطين عالياً بنصائحهن الشبقية الذهبية.

أتمـدّد علـى الأريكـة فـي الإيوان عارياً باسـتمرار، إلا مـن سـترتي العسـكرية، المثقلـة بالنجوم والأوسـمة الوطنية. لا أخلعهـا لا في الليل ولا فـي النهـار، وقـد تركتهـا مفكوكـة الأزرار، كـي يرتاح كرشـي الجليل. عندما تزورني وفود أجنبية، اعتمر فوق السترة خوذة عسكرية مموهة الألوان، إلا أنها مرصعة بجواهر، تتلألأ بأنوار الأفكار المضيئة، التي تعيش

في عقلي. أسـترخي بيـن طراوة الأثـداء، والبطون، والعانـات، والأفخاذ، والأرداف، لا تنفك الشـفاه عـن امتصاص الرحيق العاطر مـن جسـدي، فيثار شبقي ويتفجر. تنبثق الأفكار العظيمة، من تقليب الأجساد على أوجهها المختلفة، مستلهماً الأجـواء الشرقية، التـي تراكمت بخبرات ناجحـة، علـى امتداد تاريخ طويـل من حياة السلاطيـن التاريخيين، من أجل ازدهار البلاد.

أسـال وصيفاتي المنشـغلات بجسـدي، وأنا أداعب رؤوسـهن: "هل سمعتن التقرير الصباحي أيتها المناضلات الثوريات؟".

تجيـب واحـدة، وهـي تغمـر صـدري بثدييهـا الطافحيـن، وتلتهم عنقي بقبلاتهـا اللزجة: "نحـن بنات الثورة المنيرة، وممثلات الشعب المناضـل، نعلـن أننا نحبك، ونصلي لمجدك الإلهي القدسـي، المُعرِّش علينا وعلى الوطن".

تتوقـف وصيفـة ثانيـة عن امتصاص عضوي، وترفع رأسـها من تحت ثنايا كرشـي الجليل، تهمهم واللعاب يملأ فمها: "أنا أمثل الفئات الشابة الأكثر ثورية في الوطن، التي كسرت التقاليد العتيقة البالية والمحرمات السـخيفة. أعلـن أنـك إله الخصب، الذي لا يكل ذكـره ولا يمل عن منح الحياة لنا، ويتجدد تاريخنا المجيد بفتوحات البكارات به".

تداعب ثالثة تقاطيع وجهي بشـفاهها: "لا، أنت القوة بذاتها. أنظرُ فـي عينيك المقدسـتين المتألقتيـن، فأعرف أنك إله الحـرب والصواعق والبراكين، الذي يثير الخشية والرهبة في القلوب".

تلعـق رابعـة بشـفتيها الناعمتين صليل الأوسـمة الوطنيـة المتألقة، علـى سـترتي العسـكرية، وهي تقول: "أنت إله الصور والرموز، خالق

التجسـدات مـن الأفـكار، ومبدع الأفكار من الأهـواء والنزوات. أنت من خلق العالم من العدم، ذات حلم قدسي".

تغمرني همهمة المستشـارات الوصيفات المزدحمات على أريكتي، وهـن يتلويـن على جسـدي بتموجات أفعوانية شـبقية، طقـوس عبادة. يرتلن أنشودة قدسية: "نحن كاهنات الإله الأعظم، الرب العظيم، وهذه صلوات الخصب والفداء نؤديها لك".

نعم، أنا الإله العظيم.

في صباح اليوم التالي، أستدعي إلى إيواني مستشارِيَّ؛ الأيديولوجي "ثائـركان"، والمـؤرخ "تاريخكان"، ومعهما الشـيخ الفقيـه "أبو البركات". يقفـون أمـام أريكتي، بين ندف الغيمات، فيما فحيح الأجسـاد مشـتعل حولي. أخاطبهم: "أشـعر اليوم بانشـراح عظيم، والسـرور يغمر أعطافي الربانيـة القدسـية، ووجداني الإلهي، فقد عرفت ليلـة البارحة المباركة، بفضـل مستشـاراتي الكاهنـات، الأمينـات الورعـات، فـي جلسـة مليئـة بالإشـارات الأسـرارية، والهواتف العلويـة، والتنبيهات الكاشـفة، القادمة جميعهـا مـن عوالم الغيـب، أنني إله. وهـذه الجماهيـر العظيمة، التي تملأ السـاحات في مسـيرات حاشـدة، وفق التقارير الأمنية للبطل "أبو عدنان"، تلمسـتْ بحدسـها العفوي البسـيط أن الروح الإلهية تجسـدت بي، ولذلك فهي ترتل صلواتها الثورية لي".

يقـول "ثائـركان" بنبرة خطابية: "أنت الإلـه الوحيد، بعد أن حطمتَ جميـع آلهة الاسـتيهام، التـي اخترعها الرجعيـون المعادون للثـورة. وأنا شـخصياً أقوم بالتحضير والإشـراف على طقوس هذه المسيرات الوطنية العظيمة، التي تمجدك".

يـردف "تاريخكان" برصانـة العالـم: "اكتشـفنا حديثاً حجـراً قديماً، بنقـوش أثريـة تصويريـة، يعـود تأريخهـا الكربونـي إلى ما قبـل "الغمر العظيـم"، الـذي سـاد العالـم القديـم. والبارحـة بالـذات، اسـتطعت فك رمـوزه المعقـدة. ويا للمفاجأة، فهي تتنبأ، منذ ذلك التاريخ، بأنه في يوم ولادتكم، سـتمتلئ السـماء بالشـهب المنيرة، وستشرق الشمس من الغـرب، وينقلب الشتاء القارس ربيعاً مزهراً، وهو ما يعني احتفاء الكون بنزول روح الإله في تجسد أرضي. والأخبار المنقولة شفاهياً بين الناس، الذين عايشـوا يوم ميلادك، تؤكد حدوث ذلك فعلاً. وهو ما يتقاطع مع نبوءات المستشارات الكاهنات العظيمات على عرشك الأريكة".

يتدخل الشيخ الفقيه "أبو البركات" بحماس: "طبعاً، أنتم الإله قدس الأقـداس، ونحن المؤمنون المسـتظلون بعرشـكم النوراني. سـأتكفل أنا نفسـي بكشـف أسـرار صفاتكم الإلهية، المئة والخمس والعشرين، منذ أن نزلت روح الإله العظيـم مـن السـماء، وحلـت في صورة تجسـدكم المباركة، وأنشـرها في كل أصقاع الأرض، فهذا من اختصاصنا الكهنوتي على مر الأزمان".

يعترض "ثائـر كان": "لا، هـذا مـن اختصاصنـا الثوري، فنحن الذين ننشئ منظومات ثوريـة تؤله الزعيـم الجنرال، الثورة هـي من أوجدت "عبـادة الفرد". نحـن نصنع آلهـة حقيقية علـى الأرض، بعكسـكم أنتم الكهنة الذين تصنعون آلهة وهمية في السماء".

أصرخ بالاثنين غاضباً: "كفى جدالاً أيها الأحمقان. والآن، أريد تمثالاً عظيماً يتوسط السـاحة أمام قصري، يشق عالياً عنان السماء، كي أستطيع من خلاله مراقبة ما يحدث حولي في المدينة".

يتحمس "ثائر كان": "سننحت لك تمثالاً عظيماً من المرمر الأسود، الخالد على مر الزمان، سيستمدُّ منه كل الثوريين في العالم الإلهام. سيمر جميع المواطنين من أمامه، عند ذهابهم إلى العمل صباحاً، يرددون الشعارات الثورية الوطنية صلاةً رسمية مقررة في دستور الدولة".

يتدخل الشيخ الفقيه معترضاً: "لا، سنجعله من العقيق الأحمر المتألق، بيد من ذهب، على خطى أجدادنا، الذين نصبوه في كعبة الصحراء. سيحل به قبس من روحكم، وسأكون أنا كاهنكم الأعظم".

"سننحت لك آلاف التماثيل من حجر ومعدن لتزين الساحات، والشوارع، ومداخل المؤسسات الرسمية. وسنضع بجانبها مراقبين أمنيين للتأكد من عدم تجاهلها من قبل المواطنين المارين أمامها، ومن تنفيذ ترديد الشعارات الثورية بخشوع".

"سنصنع لكم تماثيل قدسية من جوهر، ننصبها في المكاتب الرسمية فقط، كي لا يسرقها أحد إلى داره، ويعبدها لوحده".

"سنعلق التماثيل الذهبية الصغيرة حول أعناق الثوريين جميعاً، وستنبض القلوب بذبذباتها".

"سننشئ أطياف التماثيل في عقول المؤمنين المريدين، كي يأتيهم الوحي منك في لحظاتهم الوجدانية".

أقاطعهم "أريد تمثالَ عقيقٍ أحمرَ، بيد ذهبية، وعضو زمردي ضخم منتصب بشبق. وأمام التمثال، ينهض مذبح واسع، تشتعل حوله نيرانٌ مقدسة، لا تنطفئ شعلتها أبداً، يتصاعد منها عبق بخور. وستضحون عليه كل يوم صباحاً، مع بدء الدوام في المؤسسات

الرسمية، بأحد المساجين السياسيين المعارضين، بدلاً من شنقه، أو إعدامه بالرصاص، أو تذويبه بالأسيد، في الزنازين. تحرقون جسده، بعد أن تنتزعوا منه القلب والدماغ والعضو الجنسي، وتقدموها لي طازجة فطوراً لي. ومنذ الآن، عندما يراجعني أحد منكم، سيبادرني بالانحناء والسجود، ومن ثم تقبيل قدميّ، مرددين بعض الآيات، من الكتاب المقدس، الذي سجله "تاريخكان" عن أقوالي، عندما تأتيني في لحظات الوجد مع وصيفاتي الكاهنات. والآن، تستطيعون الانسحاب من الإيوان، بعد السجود لي".

أنا الإله العظيم، كلي القوة والقدرة، إله الحرب والخصب والرموز، كما لكنني مع كل هذه العظمة الإلهية، أشعر بالضجر، والسأم، والملل، والكآبة، والقرف؛ نزق غريب يتآكلني، شواش كثيف ينهش رأسي. كأنهما قادمان من أعماق ظلمات نفسي؛ من أبعاد كونية غير مدركة، من سموات سبع مبنية بالاستيهام، من برارٍ موحشة متشيطنة بالأوهام. تترامى جميعها في أزمنة سحيقة، حاملة فوضى اللاممكن معها. وعلى الرغم من قدراتي الإلهية في السيطرة على الأكوان، والعوالم، والأزمنة، والأمكنة، والأحياء، والجماد، إلا أنني لا أستطيع التحكم بهذا الاضطراب في داخلي، المنبعث من المبهم، والقلق المتشكل من اللامعلوم. تقلبات أهوائي تمزقني، تبعثرني، ترمي بي من جنون إلى جنون.

أهرب إلى عتمة الفروج، والأثداء، والمؤخرات، أغمر رأسي في كتل امتلائها وروائحها الشبقة، فربما أرتاح، وأترك ضجيجي خلفي. تتشربني المستشارات الكاهنات اللامباليات، بتلال أجسادهن المتكدسة فوقي، وتحتي، وحولي، تمتلئ بها حتى الفضاءات. يتبعثر جسدي بين كتل طراوتها، يصبح أجزاء منفصلة عن بعضها البعض، تتبعثر وتضيع بين

لهاث الكتـل اللحمية، وتأوهاتها، وهمهماتها. لكن الشـواش في داخلي يبقى كلاً واحداً، متكاملاً، كثيفاً، دبقاً، لا يتفكك، ولا يفارقني.

في الصباح، يدخل رئيـس جهازي الأمنـي البطل "أبو عدنـان" إلى الإيوان، وبـدلاً من أن يلقـي على مسـامعي تقريـره الصباحي عن أحوال الرعيـة في البلاد، يحدثني عن مؤامـرة خطيـرة تحيـق بقصري. ويعرض شـريط فيديو على شاشـة واسـعة ملء الجدار الإيواني. أشاهد الأيديولوجـي "ثائـركان" والشيخ الفقيـه "أبـو البـركات"، خارجيـن مـن إيوانـي، بعـد مقابلتهمـا لي البارحة، يتهامسـان. لكن البطل الذكي "أبو عدنـان" سجل كل شـيء بوضـوح بتقنياتـه التجسسـية الذكية. أسـتمع مذهولاً لمحادثتهما.

"نحـن الثوريـيـن نصنـع لزعمائنـا صـوراً شبيهـة بالآلهـة، بأيديولوجيا "عبـادة الفرد"، ونجعل الجماهير المناضلة تعاملهم على هذا الأسـاس. لكـن مـن أيـن أتـت زعيمنا هذه الفكرة، أنه إلـه حقيقي؟ ربما أنت أيها الشيخ المهووس، الذي زرعها في عقله".

"لا، ليس أنا، فهو لا يصغي إلى أحد في هذه الأيام، يصغي فقط إلى صوته. ربما جاءته هذه الفكرة في لحظة صفاء ليلي، فاهتدى إلى النور الإلهي الصافي، وتخلى عن أوهامكم الثورية المادية الملحدة".

"يا شيخي المنافق، اصمت وارحني مـن خزعبلاتك. مـن أين تأتيه لحظة الصفـاء، والجـواري لا يفارقنـه لحظة، لا في الليل ولا في النهار، فاغرب عن وجهي أنت ونورك الإلهي".

"لمـاذا أنـت منزعج يا صديقي، أيها المناضـل الثوري. ليتنصب إلهاً، ولتسـتمر مصالحنا تسـير برعايته في الوطن العزيز. ثم ما أدراك، فربما

حلَّ الإله فيه حقيقة، ألا تشعر بسموه وعظمته وأنت تقف أمامه".

"على العكس، أشعر بالغباء، وأنا أسير معك".

"لأنك لم تتطلع على تاريخ المذاهب والطوائف الدينية في تراثنا المجيد، فأنتم الماديون تريدون تدمير كل ما هو روحي في حياتنا".

"وماذا يقول تاريخ مذاهبك وطوائفك؟".

"يقول إن الإله حلَّ في ملوك دول عظيمة، وزعماء طوائف، وشيوخ طرق صوفية؛ حلَّ بهم جسدياً لغاية أسرارية عليا في مسيرة الوجود. ثم يفارقهم في لحظة موت أجسادهم، التي ترتفع إلى السماء. أما الإله فيعاود الحلول ثانية في أجساد أبنائهم، منتقلاً إلى سلالة أحفادهم. أغلب الظن، أن الإله حلَّ في زعيمنا، بل أنا مقتنع بذلك. ألم ترَ هالة النور القدسية تشع حول رأسه؟".

"بلى، أرى رأسك الفارغ، وبصرك الشحيح. وأظن أيضاً أن إلهك يشعر بالملل في سمائه العليا دون نساء، فنزل يستمتع بالجواري الثوريات عبر جسد الزعيم الجنرال، أليس كذلك؟ أنت لا تزال باطنياً أيها الشيخ، تخفي ما تعتقد به حقيقة، من أجل أن تبقى مستشاراً دينياً للزعيم الجنرال. تريد أن تحافظ على مشاريعك في سلسلة "بيوت المتعة"، التي تدَّعي أنك تديرها لمصلحة قصره، وتزويده عبرها بالجواري. أنت منافق كبير، لا بل أنت شيخ المنافقين، وقد سببت الكثير من الكوارث لثورتنا المجيدة".

"أنت وافقت عليهن، ودعوتهن مستشارات ثوريات. أنت الذي أعلنت الحرب عليّ أيها الأيديولوجي. حاولت كثيراً استمالتك إلى جانبي، من خلال هدايا البخور والعطور والعطوس والسبحات والعمامات، التي

قدمتها لـك بلا حـدود، بينما تعرض أنت أن أرتـدي قفطاناً مبرقعاً. لكن يبدو أنك مقتنع جدياً بتهويماتك الأيديولوجية عن الثورة الطبقية. أنت مُجـدِّف بتراثنـا الروحي، ومشـكّك بإلهنا الجنرال، بل ولـديَّ أخبار تؤكد أنـك تؤمـن بزعيم جنـرال آخر؛ الإلـه المعادي لنا فـي الجنوب، صاحب الشنب الأيمن".

"على كل الأحوال، لقد تخلى عنك الزعيم الجنرال كمستشار كهنوتي، واستبدلك بمستشارته الجديدة، الكاهنة الغزالة التي يثق بها بالكامل".

يتمتم الشيـخ: "وهذا ما يزعجني، ولا أجد له حلاً. لا أعرف من أين وصلـت إليـه هـذه المستشـارة، من خارج "بيـوت المتعة" التي أشـرف عليها، وكيف!".

لا أصـدق مـا أشـاهده فـي عـرض الشاشـة. الرجـال حولـي كاذبون، متملقـون، لا يؤمـن جانبهـم؛ المستشـارون المقربـون، والـوزراء، وكبار الضباط، وحتى أفراد حرسـي الشـخصي. سأتخلص من "ثائركان" والشيخ الفقيه "أبو البركات"، كما تخلصت من البطل "أبو خالد"، قائد مرافقتي القديـم، بانفجـار رُميـت مسـؤوليته علـى "عصابات الظلال". بل وأشـك أيضـاً حتـى بالبطل "أبو عدنـان"، قائد مرافقتي الجديـد، رغم كل الولاء الـذي يبديـه لي، فوجوده يشـعرني بالقلق، بل ويزيدنـي اضطراباً، كأنه يحيـك لـي مؤامرة فـي الخفاء. هكذا أظـن، بحدس إله. وكـي أرتاح من القلـق الغامض الذي يسـببه لي، ينبغي أن أتخلـص منه أيضاً، أن يموت مسـموماً مثلاً بمؤامرة من "عصابات الظلال"، كي لا يشـك أحد، بسـبب ما يبديه من إخلاص شديد لي، وهو هراء ونفاق. عليَّ أن أختار بدلاً عنه رجلاً آمن له أكثر، مثل "أبو علي الحوت". لكن ما الفائدة؟ سأشـعر من جديد بالضجر منه، ويراودني الشك في كل أفعاله.

لذلك، أبتعد الآن عن رجالي الغادرين، المترددين في تنفيذ طلباتي، المشككين في سـرهم بألوهيتي. أتجه نحو مستشاراتي الكاهنات، اللواتي يعبدنني إلهاً حقيقياً، ولا يترددن بفعل أي شـيء تلبية لنزواتي وأهوائي الشـخصية. ما إن أسأل إحداهن أمراً في شـؤون رعيتي، حتى تخلع غلالاتها، وترتمي عليَّ، تقدم نصائحها وهي منشغلة بالتلوي عارية على جسدي. لا تنهض عني إلا وقد أوصلتني إلى ذروة النشوة والصفاء، فأتخذ القرار الصائب الحكيم.

كان البطل "أبو خالد"، ومن بعده البطل "أبو عدنان"، يعرفان نقطة الضعـف في ظهـري، الـذي يتآكلني في منطقـة لا تطالهـا يـدي، كأحد أسرار الدولـة الشـديدة الأهميـة، التي لا ينبغـي انكشـافها أبـداً. جرح قديم، ورثته من والدة استيهام، في صحراء "حكاية قديمة"، وقد نالتها طعنة غادرة في ظهرها، في لحظة انتشاء. أتذكر الحكاية بإبهام شـديد الغموض. لكنني، بالتأكيد، لا أسـتطيع الإفصاح عن هذا السـر الرسمي للدولة إلـى مستشـاراتي الكاهنات الثرثارات، المنشـغلات الأفـواه، إما بالـكلام أو بالتهام جسـدي. سـتنتقص مهابة ألوهيتي أمامهن، لو عرفن بحالتـي الشـواش في رأسـي، والحكاك في ظهري. وستنتشـر الإشـاعات بتداعيات خطيرة عن حالي في القصر، ومن ثم في الدولة.

لكـن، ذات مـرة، وقد كنت أظن نفسـي وحيـداً فـي غرفتي الخاصة لدقائـق، أخـذت أحك ظهـري، بطرف خزانة كقرد مسـعور. وفيما أنا لاه عمّا حولي، لمحت، فجأة، وراء سـتارة الشرفة، خيال إحدى مستشاراتي الكاهنـات، وهـي تتلصـص عليَّ. ذعرت لمرآهـا المفاجئ، وصعـد الـدم إلى رأسـي، فلقد اكتشـفت إحـدى نقاط ضعفي. التقت نظراتي المذعـورة القلقـة بنظراتها، التي فوجئتُ بها خبيثـة وجريئة. وللغرابة،

فإنها لـم تهـرب، بل تقدمت نحـوي بثقة، فيما يدي تبحـث عن مدية، كي أطعنها، وأتخلص منها مباشـرة. لكنها لازالت تتقدم نحوي، تسبقها نظراتها وابتسامتها.

لا أتذكـر وجـه هذه الفتاة من بين كل المستشـارات حولي، فكلهن عنـدي سـواء. أميزهن عادة بفروجهن المتوجـة بالعانات المثيرة؛ فروج مميزة بأشفارها الناعمة، الرقيقة، السميكة، الغليظة، الوحشية، الخجلى، العطشى، المجعدة، المتلوية، المتهدلة؛ بتلوناتها الضاربة إلى السمرة، السـواد، الاشـقرار، الحمرة، الوردية؛ برطوبتها اللزجة، اللجوجة، السيالة، الناعمة، المتدفقة ينبوعاً؛ بمذاقاتها الأقرب إلى الـحلاوة، الملوحة، اللاذعـة؛ بروائحها الحارة، الناشـفة، المعطرة، النفـاذة... هكذا، أميزهن. أما الوجوه فهي عابرة، لا أتذكرها.

لكـن هـذه المستشـارة الكاهنـة تشلّني بنظراتهـا العميقـة، وتسـحرني ببسـمتها الأخـاذة، وجرأتها الغريبة، وهي تتقدم نحوي. وتومـض في رأسـي صورة امرأة صحراء، وأنا أنقذها من براثن رجال بـدو متوحشـين، ثم تعلمني حياة عمران. مع هـذه الومضة الغريبة، ترتخي يدي عن المدية.

"ملاكك الحـارس أنـا، أيها الإلـه المعبـود. بقربك دائمـاً، كظلك، كأنفاسـك، كنبضـك"، تقـول لـي، وهـي تقتـرب منـي بثقة، وتلتـف حولي بهدوء.

تتسـلل يدهـا مـن تحت سـترتي العسـكرية، وتأخـذ بتدليك ظهـري بنعومة. تصل إلى المكان، الذي يحكني، ولا تطاله يدي. تمسده برؤوس أناملها، فأهدأ، وأشعر بالراحة والسكينة.

"هذا سرنا أيها الإله العظيم، لن نخبر به أحداً"، تقول، فيما أنا غارق بنعومة يدها.

تردف هامسة: "إذا تسللت يد من تحت سترتك إلى ظهرك، في زحام الأجساد العارية المتلوية عليك، فهي يدي، بخاصة في لحظات لذتك، وذروة انتشائك".

أسألها "لا أتذكركِ، ما اسمكِ؟".

تضحك بدلال: "أنا؟ أنا الغزالة".

وأنسى حكاية المدية.

على الأريكة، أستشعر الشفاه الناعمة للمستشارات الكاهنات، وهي تروح وتجيء على جسدي في نزهات نهارية وليلية؛ تقبله، تلحسه، تلعقه، تمتصه، تعضه، تكاد تأكله بشبق وشهوة. لا تترك ولو حيزاً صغيراً منه دون التهام. أسمع الأفواه تتلمظ، تسقسق، تهمهم، تحمحم، فيبتل جسدي برطوبة رضابها، ليتحول إلى ساقية تسيل. تطبق عليَّ أيادٍ ناعمة؛ أنامل رقيقة، أكفّ طرية، أظافر وحشية، تعتصر ثنايا جسدي، كأنها تريد أن تقتطع قبضات منه لالتهامها. تتمرغ الخدود، النهود، البطون، العانات، الفروج، الأفخاذ، الأرداف، فوق جسدي، فوق وجهي. تختلط في فمي وأنفاسي الطراوة، والرطوبة، واللزوجة، والروائح، والظلال، والصدى. وذكري يذهب عالياً، قاسياً، منتصباً، تتمرغ فوقه أفواه، فروج، مؤخرات؛ تتلقفه، تمتصه، تبتلعه، لا أميز بينها، فكلها سواء.

كأنني تحولت إلى كائن خرافي، منفلت من سديم مجهول، عابر بعالمنا، وقد نبتت من جسدي أجساد أنثوية أفعوانية؛ رؤوس تلغط، وأطراف تتلوى. كأنني كينونة جديدة خارج الزمان. ألست أنا الإله،

الذي تنبثق منه أشكال الحياة بكلِّ احتمالات المصادفات، صورة إله لا مثيل له في أساطير الأولين؟

يقول الشيخ "أبو البركات" لمستشاراتي الكاهنات:

"اطعمن الإله أغذية منشطة، كي يبقى مشتعلاً بالحيوية؛ العسل، والجرجير، وصفار البيض، والجوز، والفستق، والبندق، والصنوبر، وأدمغة عصافير الدوري، ولحم الزرازير، وقلوب الهدهد، وشحم الكروان، وخصي الديوك والقنافذ والثعالب. اقلين له قضبان الثيران الهائجة بشحم البط، واسلقن قضبان التماسيح الوحشية في حليب النوق".

"اعطين الإله أدوية تحرك الشهوة؛ خلائط بمقادير من الزعفران، والزنجبيل، وبذر الكتان، وحب الفلفل، والخردل الأحمر، والخولنجان، والقرطم البري. اسقينه مغلي عفص غير مثقوب، مع ورق العليق والآس، دعنه يشرب الماء الذي يطفأ به الحديد".

"امسحن ذكر الإله بمراهم، كي يتصلب، ويكاد ينشق؛ بعسل الزنجبيل، بذيل ثعلب مسحوق ومذاب بدهن الورد، بدسم لحم ضب مطبوخ ومخلوط مع الزنبق، بمساحيق أظلاف الماعز، وجلود القنافذ بإبرها، ادهنه ببقايا حلزون محروق".

"أبعدنَ عنه الأرواح الشريرة، التي تضعف قوة الباه لديه؛ علّقن على عضده الأيمن أسنان تمساح، وعلى فخذه الأيسر مرارة دب، وحول عنقه طوق من أصداف البحار البعيدة. وامسحن أسفل قدميه بدماغ الخفاش".

"اجعلنه في جلساته، التي يرتاح فيها من الوصال، يمضغ قضيب ذئب مشوي على جمر موقد، حتى تثار شهوته من جديد".

"دعنه يدخن خشخاشاً وأفيوناً يخدرانه. واشعلن حوله بخوراً معسلاً يسكره، فلا يعي إلا أجسادكن حوله".

في اليوم التالي، يعود الشيخ "أبو البركات" ليرمي بوصفات جديدة، هذه المرة من الجواهر:

"علقن له في خيوط تتدلى حوله ياقوتاً أحمر، وزمرداً أخضر، يمنحانه حيوية كونية، ويحميانه من الأرواح الشريرة".

"لتتراقص حوله عقود الكهرمان، بتدرجاتها من الأصفر الفاتح حتى البني الغامق، كي ينتقل إلى عوالم أخرى من الخيال".

"ليهتز حوله باستمرار الفيروز الأزرق المخضر، فإنه يمنع عنه الحسد والاكتئاب".

"لا تبعدن عنه العقيق الأحمر، والزبرجد الأخضر المصري، والزبرجد الأصفر القبرصي، فكلها تنشط الطاقة، وتثير الخيال".

"مررن الزفير الأزرق الشفاف على جبينه، كي تهدأ الأعصاب، فينشط الخيال".

"انثرن الألماس؛ الأبيض، والأصفر، والشفاف، والأسود، واللؤلؤ الأبيض، المشرب بالحمرة، على فراشه حتى يزداد تألق جسده".

يمضي الزمن، دون أن أستطيع التقاط لحظاته، فقد تهت بين أجساد كاهناتي العاريات، ولم أعد أميز الليل من النهار. كأني خلقتُ العالمَ دونهما؛ لا ظلمة ولا نور، وإنما ظلال أجساد فقط، ظلال بروائح وأصداء، وذروات نشوة هلامية لا تنتهي.

أصبح الزمن يمضي ثقيلاً، مُتعِباً، وبدأت أشعر بالملل والضجر والسأم

مما حولـي، من كاهناتي اللواتي يتمسـحن بـي، ويتقربن من ألوهيتي، بأجسـاد دون روح. أنهكتني أفعوانيتهن، التي تتلوى فوقي دون توقف، بحيث تكاد أنفاسـي تنقطع وتتلاشى. لم تعد قبلاتهن تثيرني وتمتعني، تحولـت إلـى دغدغـة مزعجـة، ومـن ثـم إلـى لزوجـة مقرفـة. أصبحت أثداؤهـن كـتلاً لحمية ثقيلة، تطغـى بظلمة كثيفة علـى عينيّ. وفاحت فروجهن بروائح عفن قديمة ثقيلة، بالرغم من أنهن يغطسـن باسـتمرار في الحليب والشمبانيا.

امتصت الكاهنات الحقيرات رحيقي حتى لم يبق بي نسغ. مع ذلك، لا يزال عضوي منتصباً، وما زلتُ أنتشي المرة تلو الأخرى، وأصل ذروات لذة لا تنتهي، بفضل وصفات الشيخ المشعوذ "أبو البركات"، الذي أعلن نفسه كاهناً أعظمَ لي، تخضع له جميع الكاهنات، ويطبقن تعليماته السـرية المقوية للباه. أنتشي، وأنتشي حتى شعرت بفراغ جسدي من ماء الحياة، ومـن سـوائل الحياة، ومن أحشـاء الحيـاة، ومن الحياة نفسـها. أصبحت فارغاً من كل شـيء حتى من الفراغ، خواء في داخلي، خواء في روحي، خواء حولي... ما هذا الإله الفارغ، إلا من الخواء؟ كأنني تحولت إلى أحد تماثيلي المنتصبة في السـاحات؛ أحجار، معادن، لا تستشـعر إلا الخواء.

وهاته الكاهنات المتقلبات فوقي، اللواتي يتصنعن المتعة واللهاث المحمـوم إلـى حـد الصـراخ المهووس، أشـعر بهن، وبحـركات صلواتهن فـوق جسـدي، كـذب ونفاق وريـاء. يغمضن أعينهن بتشـنج، ويعتصرن وجوهـهـن بتغضنـات مرائية، ويفتحـن أفواههن لتطلـع منها حمحمات متسـارعة كاذبـة، ليدّعيـن الانتشـاء والوصـول إلـى ذروات كاذبة معي، وهن يصرخن "أيها الإله العظيم، إله الخصب، تُشبع عشرين من النساء في برهة واحدة من الزمن".

لم أعد أقوى على النهوض، ولا التقلب على الأجناب، وأصبح جسدي خرقة بالية. مع ذلك، لا تنقطع الكاهنات عن التناوب فوقي، ففراش الزئبق يتكفل برجرجتي، والانتشاءات تتالى. لم أعد أدرك من أنا، ولا أين أنا، ولا ما يدور حولي، وقد غرقت في هلوسات الأفيون والخشخاش. لا أعرف سوى أن ذكري منتصب حتى يكاد ينشق من الأدوية والمراهم، والنشوة تتلو النشوة، بفعل الخصي والقضبان المقلية، التي يطعمونني إياها.

ومن خلال مويجات دخان البخور، العابقة حولي، ألمح خيالات أجساد كاهنات عاريات، أطياف، يتناوبن فوقي؛ أربعة، خمسة، عشرة. ومثلهن في العدد يتقلبن حولي في الفراش، يسحقن بعضهن بعضاً، ويتداخلن في كتلة غير متمايزة الملامح من الأجساد، والرؤوس، والأطراف، والأرداف. كلها تتأوه بأصوات شبقة، أصوات حقيقية تشق عنان الإيوان، بعكس أولئك المنشغلات فوقي.

هذه مؤامرة ضدي، مؤامرة في القصر ضد الإله. يريدونني حبيس الفراش بين الكاهنات، ويدّعون أنني أدير دفة الحكم منه. لم أعد أجد وقتاً للذهاب إلى قصري القديم في المدينة، من أجل الخروج إلى الشرفة المطلة على الساحة العامة، وسماع صلوات الجماهير الغفيرة بمسيراتها المليونية العظمى. لا أستقبل الوفود المؤيدة، التي تسجد لي في دخولها وخروجها، لا أحس بنفسي إلهاً، دون بشر يعبدونني.

يردد البطل "أبو عدنان" على مسامعي دائماً: "لم تعد توجد لا جماهير غفيرة، ولا جماهير غفورة، زمن مسيرات الأيديولوجي "ثائركان" ولت دون رجعة، إنه يمارس الكذب والنفاق عليك. ثم إنّ هناك خطراً يتهدد حياتك أيها الإله العظيم، إذا خرجت إلى الشرفة، فقد ينفجر تمرد في البلاد، وقد يصل المتمردون إلى أعتاب قصرك في المدينة".

يتدخل الشيخ المشعوذ "أبو البركات": "لا أحد يهدد حياة الإله العظيم، هو لا يموت أبداً، إنما هو من يمنحنا الحياة، نحن البشر الفانين".

ثم يتوجه إليَّ، وعيناه لا ترتفعان عن الأرض، من شدة الاحترام المرائي "من الأفضل أيها الإله ألا تخرجوا إلى الشرفات لأسباب أخرى، لا يدركها البطل الأمني "أبو عدنان". في الخفاء تكبرون في خيال مريديكم، وتزداد درجة قداستكم بانفصالكم عن عالمهم الأرضي.

ألوهيتكم هي باطن وظاهر، في علاقة قدسية خفية متبادلة بينهما. هي الباطن الجوهر، الذي لا تدركه إلا العقول المنيرة، عندما تسبره بحدسها، وهذه مقتصرة على المريدين المخلصين من أمثالي. وهي الظاهر، بالتأويلات المتعددة، التي يأخذ بها بسطحية أصحاب العقول التقدمية الفارغة، من أمثال الأيديولوجي "ثائركان". أيها الإله المختفي، أنت الباطن في قصرك، وتماثيلك في الساحات والشوارع هي تأويلات الظاهر من ألوهيتك المقدسة".

هكذا، إذاً أيها الشيخ المشعوذ "أبو البركات"، باطن وظاهر، وأبقى حبيس الفراش وأسير أجساد الكاهنات، فيما أنت تصول وتجول في مزرعتي، دون رقيب أو حسيب. بل إن وجود الأيديولوجي "ثائركان" والبطل "أبو عدنان" يزعجك، ويعطل مشاريعك.

هذا الشيخ المعتوه هو رأس المؤامرة ضدي. يسيطر على الكاهنات، اللواتي يحضرهن من شبكة دعارته في "بيوت المتعة"، وقد أصبحن مستشارات له، ينصحن له، وليس لي. هو من يتكفل بحفلات المجون القدسية حولي، بعد أن يسممني بـ"غذاء الإله وشرابه"، ويخبلني بـ"أفيون الإله وبخوره".

ليس لي الآن إلا أن أعقد أزرار سترتي العسكرية، وأمسح رطوبة تعرق أجساد النسوة عن أوسمتي العسكرية، وأقفز في بنطالي العسكري، ومنه إلى حذائي العسكري، وسيعرفون عندئذٍ من هو الزعيم الجنرال.

يدخل الشيخ المشعوذ "أبو البركات" إلى الإيوان، تلحقه كاهنتان، تحمل إحداهن صينية كبيرة، مليئة بصحاف الطعام، والثانية نارجيلة، يعبق منها دخان برائحة غريبة. يتقدمون من الأريكة، فيما الكاهنات العاريات يتلوين فوقي وحولي. وحدها الغزالة تجلس هادئة بقربي، دون أن تشارك في حفلات المجون، وقد أصبحت تعرف بحدس عجيب متى عليها أن تحكّ ظهري، دون أن ينتبه أحد لفعلها. بدأتُ ألاحظ أن هناك عداوة خفية بينها وبين الشيخ المشعوذ، أستشعرها من تلاقي نظراتهما.

يخاطبني الشيخ المشعوذ "أبو البركات": "أيها الإله العظيم، ستذوق اليوم طعاماً فردوسياً، حضَّرته بنفسي، بوصفة سحرية تم إحضارها من بلاد "الواق الواق". لم يطلع عليها أحد غيري في كل الأصقاع؛ قضبان وخصي لدجاجات، وبقرات، وأفراس، ونوق، ولبؤات، تحرض شهوتك بشبق لم يذكره زمان. وعثرت أيضاً في خزانتي العتيقة على ماريجوانا سحرية، محفوظة منذ زمن أجدادي، الذين كانوا يقيمون وراء سد "يأجوج ومأجوج". ما إن تأخذ نفساً منها حتى يتسلل طعمها السديمي الدخاني إلى تلافيف دماغك ليعشش فيها، ويخرج الدخان من أذنيك طارداً معه الخمول والوساوس".

أيها الماكر المخادع، سألقي بك أنت، وقضبان إناثك وخصيها، ودخان أفيون أجدادك، إلى جحيم لا ينطفئ، يقع وراء أسوار بلاد "الواق الواق"، وسد "يأجوج ومأجوج"، من حيث أتت سلالتك الكريهة. هل وصل استخبالك المهووس لي إلى هذا الحد؟

أدفع الكاهنات الثلاث المرتميات على جسدي، بيديّ وقدميّ. لكنهن لا يتزحزحن، وهن يضحكن بغنج ودلال، بل ويأخذن بالالتصاق بي بوحشية كدود العلق، متدافعات بأفواههن على ذكري المنتصب المتعب، فيما ترتسم على وجه الشيخ المشعوذ ابتسامة مرائية، تخفي الخبث وراءها.

يندفع الشواش إلى رأسي، أمام حصار الأفاعي الثلاث وابتسامة حاويهنّ، بشكل يكاد يمزقه. منذ زمن طويل لم يهاجمني الشواش بمثل هذه الكثافة المجنونة. أنظر في عينيّ الغزالة، فأرى فيهما قلقاً يتجاوب معي. هل تفهمينني، يا غزالة؟ سأعود الآن زعيماً حقيقياً، وقد أمنحك الحياة.

يبدو أن الغزالة تفهمت نظراتي، إذ نهضت إلى مشجب قريب، أعلق عليه بنطالي العسكري. تسحب مسدسي الفضي من جيب نطاقه، وتحضره لي... ذكية هذه الغزالة.

أمسك بالمسدس، أتأمله، ابتسم. منذ زمن طويل، لم أستخدمه. أصوبه على رأس إحدى الكاهنات المنشغلات بعضوي، أطلق رصاصة. ينثقب رأسها وينفجر دماغها بصوت مكتوم، ويتناثر بياضه الملون باحمرار الدم على بطني. وقبل أن يستوعب أحد ما يحدث، كنت قد أطلقت النار على الكاهنة الثانية، والثالثة، ارتعشتا، وخمدت حركاتهما. تساقطت الجثث الثلاث حولي، وسقطت معهم على الأرض صينية الطعام، والنارجيلة، وسقط صمت مريب في الإيوان. خمدت الحركة حولي، وقد تحول الجميع إلى تماثيل مذهولة، غير مصدقين ما يشاهدونه.

أنهض بهدوء، وأطلق النار على بقية الكاهنات، اللواتي ما إن أدركن أن الدور سيلحقهن حتى تراكضن مذعورات في كل الاتجاهات، وهن يصرخن، يبغين النجاة. أخاطب الغزالة، وأنا منتش برائحة الدم: "يا غزالتي، احكمي إغلاق الأبواب، سيتسلى الإله اليوم دون ضجر".

تتساقط الجثث في أنحاء الإيوان، بينهن واحدة في مغطس الحليب، الذي يتحول لونه إلى الأحمر، والثانية في مغطس الشمبانيا، التي تصبح فقاعاتها حمراء، وتختلط دماء جثث أخرى بنبيذ الفسقيات، ويتحول لون أرضية المرمر الليلكي إلى قرمزي دموي. ومع تناثر الجثث في كل مكان من الإيوان، كان قد ارتسم أمامي مشهد أخّاذ؛ أجساد مرمية متناثرة بدمائها النازفة، بطريقة لا يمتلك أحد الخيال على تشكيلها بهذه الجمالية، فكادت الدموع تطفر من عينيّ وجداً وشغفاً بسحر الفن الأصيل. أما الشيخ المشعوذ المرتعد ذعراً، فقد بال في قفطانه، وقد أعجبني فعله اللاإرادي.

تمد الغزالة يدها بهدوء تحت سترتي العسكرية، وتأخذ بحك ظهري بنعومة، فيهدأ الشواش في رأسي، ويأخذ عضوي بالذبول شيئاً فشيئاً، فيسترخي جسدي.

رأس الأفعى، الشيخ المشعوذ، مازال واقفاً أمامي. يظن أنه سينجو، مادام غضبي قد هدأ. أنظر إلى الغزالة الرائعة، هل ما زلت تتفهمينني؟ نعم، يبدو أنها كذلك، إذ تأخذ المسدس مني، وتصوبه على الشيخ المرتعد المذعور. تبتسم لي ابتسامتها الساحرة، التي تشلني، وتسألني: "أين؟".

أقول: "رصاصتان في الفخذ، كشكر على طعامه وشرابه المسموم".

تطلق الغزالة النار بثبات وثقة على الفخذين، وقد أذهلتني معرفتها في استخدام المسدس بهذه المهارة والدقة.

يصرخ الشيخ المشعوذ ملتاعاً: "أيها الإله العظيم، ماذا تفعل بي؟".

"أنا الإله وأفعل ما أرغب بمخلوقاتي، وأنت كنت تحاول تسميمي ببطء، وتخديري بهلوسات، كي تنتزع مني قواي السحرية. لكن الكائنات غبية، إذ تفكر بالتطاول على إلهها".

ثم أردفُ، وأنا أشاهده بمتعة كيف يسقط أرضاً، ويتلوى: "اثنتان أيضاً في البطن من أجل بخوره وأفيونه السحري، يا غزالتي".

"أيها الإله الحقير، ماذا تفعل بي؟".

"رصاصتان في الصدر من أجل بلاد "الواق الواق" و"سد يأجوج ومأجوج"، من حيث أتى أجداده".

"أيها الكلب الحقير، أنا الذي صنعت منك إلهاً، لقد جعلت الإله العظيم في طائفتي يحل بك، بعد أن تم شنق زعيمنا الروحي".

"رصاصتان في... لا، دعيه يتعذب طويلاً، ويموت ببطء، كما كان يفعل بي".

أسكب نبيذاً مخلوطاً بالدماء على الأريكة الواسعة، وأشعل النار فيها، فتلتهب ألسنتها عالياً، نار متراقصة جميلة بألوانها النبيذية، والليلكية، والقرمزية، والفيروزية، والأرجوانية، والفستقية... انظري يا غزالة، كم هي شاعرية هذه الألوان، كم أتمنى أن أكون إلهاً للألوان المشرقة النزقة المنبعثة من النار.

يدخل البطل "أبو عدنان" مع رجال المرافقة، ويلقي نظرة متفحصة سريعة على الإيوان. يأمر عناصره: "هيا، نظفوا المكان بسرعة من الجثث. وقبل رميها في الحفرة، مرروها إلى المطبخ لتنتزع منها الأدمغة، والقلوب، والأكباد، من أجل حفظها في البراد لفطور الزعيم الجنرال اليومي".

ألقي نظرة حب إلى الغزالة، لقد فهمتني، وأصبحت منذ الآن غزالتي. لكن لماذا تنظرين إلى جسدي، هكذا باستغراب! أتابع نظراتها، أندهش، لقد انتصب عضوي لوحده، دون عقاقير المشعوذ. يبدو أنه انتصب لمرأى الجثث والدماء، كما كان يحدث منذ زمن ما قبل الشعوذة.

أشعر بشوق إلى جسد الغزالة، أقترب منها، ألاحظ لأول مرة أنها ليست عارية، مثل بقية الكاهنات. ترتدي سروالاً نبيذياً وغلالة ليلكية، فتثيرني بشبق حقيقي. أمددها سريعاً على الأرض، وأمزق سروالها متلهفاً، كأنني ألتقي مع جسد أنثى لأول مرة. أذهب فيها عميقاً، وأنا أرى لهيب نيران الأريكة ينعكس متراقصاً في عينيها الساحرتين، فيما يتابع عناصري سحب الجثث من حولنا.

أنتشي، أهدأ، أغفو على الأرض ساكناً بين ذراعيها، تداعب رأسي، وهي تقول: "نم أيها الإله العظيم، لقد أرسلت طوفانك وأشعلت حرائقك، وستعيد خلق عالمك من جديد".

سأحدثك يا غزالتي بحكايتي السرية، وكيف أتيت إلى الحكاية.

(2)

أساطير الظلال والصدى

أنا الإله "بعل الأحمر"، "رب الأرباب"، صورة ألوهية متجسدة في صنم. قادم من "حكاية قديمة"؛ من محاكاة يشاركني بها بضعة آلهة، في صحراء واسعة، أحضرنا إليها كاهننا عمرو بن عديّ.

هكذا، تبدأ حكايتي...

أنا الإله الفتي "بعل الأحمر"، واحد من مجمع آلهة "البعليم" المقدسة، المنذورة من بين جموع الآلهة الكنعانية لمنح النماء والخصب والوفرة لسهول بلاد كنعان، المترامية على مساحات شاسعة. هذه البلاد، التي تحدها شمالاً جبال شاهقة العلو، باردة، صعبة المنال، وجنوباً صحارى جافة حارة، ممتدة دون نهاية. لذلك، جرت العادة أن تتخذ كل مدينة ـ مملكة، في هذه السهول، بعلاً سيداً عظيماً جليلاً، وبعلة سيدة حسناء فاتنة، إلهين، كي يضمنا الحياة لحقولهما الواسعة المحيطة بهما.

عادةً، ما إن يستوي الإله بعل في هيكله حتى يلاحقه الموت مع يباس الحقول، في كآبة كل خريف، لتسرق الظلمات جثته بعيداً إلى غياهب

الأرض السفليّة. لكن زوجته البعلة، التي تبكيه مطراً حزيناً طوال الشتاء، تتسلل إليه بداية الربيع، عبر الظلمات، تنقذه بشجاعتها، وتعيده إلى الحياة. تفرح بعودته، ويمارسان جنساً صاخباً شبقاً، في سرير الحقول، التي تستيقظ على ضجيج تأوهاتهما، وتنتشي بماء الحياة، يسكبانه عليها، فتنمو المحاصيل والثمار بخصوبة وفيرة. لذلك، لا تستغني المدن ـ الممالك عن بعل وبعلة لكل واحدة منها؛ إلهان يمنحان الحقول حياة مع كل ربيع، في دورة دائمة، تتكرر ما دامت الفصول مستمرة. وأنا أبحث عن فرصتي.

مضى زمن طويل، وأنا أتجول، حائر القلب، قلق الفكر، بين المدن ـ الممالك، المترامية بكثرة في السهول الخضراء الشاسعة. أحاول جاهداً كسب ود سكان إحداها، كي يقبلوني رباً خاصاً بهم، وسيداً لمدينتهم. يبنون لي هيكلاً مقدساً عظيماً، أقيمُ فيه مُكرّماً، بدلاً من تشردي الذليل في البراري، ويقدمون لي فيه الأضاحي على مذبح حجري، لأنتشي برائحة دمائها، وأبعد بها عني شبح الجوع القاسي.

ينبغي أن أحصل على هيكل، تضوع في فضائه رائحة الطيب والبخور، منبعثة من محارقه، ويستوي تمثالي في صدره، متألقاً تحت ضوء نيران المشاعل، مُشرفاً على مذبح، يتلون أحمر قانياً بدماء الأضاحي. سأتمكن، عندئذٍ، بالتأكيد، من إغراء إحدى الإلهات البعلات الجميلات، وأقنعها بالجلوس معي على العرش، زوجة لي، وسيدة ربة للمدينة ـ المملكة. سيصطف الكهنة في المعبد بصفوف طولية، يحملون مشاعلهم النارية، مرتّلين صلواتهم الضاجة، طقوساً مقدسة، ليعلنونا زوجين إلهين. نتلقى معاً التبجيل، وقرابين التضحية بالصبايا العذارى، ذوات الدماء الطريّة الطازجة... لكن يبدو أنني أحلم.

ما زلت إلهاً فتياً، طري العود، لم أتعرف بعد على صعوبة حياة الآلهة، في بحثها الحثيث عن أناس يتعبدونها، كي تعيش من دماء الأضاحي، وإن لم تجدهم، فليس أمامها إلا الموت الغادر جوعاً. أتغاوى فتنة بتجسدي الساحر؛ تمثالاً نحته بمهارة كبير الآلهة في مجمع "البعليم"، بنزوة عابرة لم تعد تتكرر. عندما صنعني، كان منتشياً حتى الثمالة بزق كبير، من نبيذ معتق لآلاف السنين، معصور من كرمة مسحورة. هكذا، جئت على صورة إنسان، من جواهر الياقوت الأحمر الصافي المتألق، استخرجها كبير الآلهة خصيصاً من جبل "نوذ" المقدس، حيث هبط "الإنسان الأول" من فردوسه السماوي أرضاً. وزيد صفاء حمرتي الخارقة بشفق من ألق كوكب المريخ، "إله الحرب".

هكذا، ظهرتُ متمايزاً عن أقراني من البعول الآخرين، الذين كانت تماثيلهم تحيا بصور باردة من الحجر القاسي، أو من جواهر أقل نفاسة في قيمتها؛ بألوان زرقاء وخضراء باهتة، لا تضاهي صفاء حمرتي وألقها.

ما إن تلمح بعلة فتية صفاء ياقوتي، وهي تتنزه بين الحقول، حتى تُسحر فيه، وتقع في عشقي. إلا أنها سرعان ما تتمنع عن قبولي زوجاً لها، عندما تكتشف أن لا مدينة تعبدني، وأني فقير دون هيكل وأضاحٍ وطقوس صلوات. تقول لي متحسرة: "ساحر أنت، تتمناك جميع البعلات زوجاً لها. لكن جد لي مدينة يؤلهك أناسها، كي أضمن حياتي في هيكل تشتعل فيه نار مقدسة دائمة، ويعبق برائحة البخور، خاصة في غيابك المستمر، في الأيام الباردة، خريفاً وشتاءً، من كل عام، في بلاد الظلمات".

أشعر بالخيبة والإخفاق، فأسوح بين المدن ـ الممالك حزيناً، أحاول باستمرار إغراء سكانها بقداسة ياقوتي وسحره، الذي اكتسبته من شفق "إله الحرب"؛ المريخ العظيم. أحادثهم: "أستطيع، مثل جميع الآلهة

البعول، منح حقولكم النماء والخصب والوفرة. إنما سأزيدكم عنهم بقدراتي إلهاً للحرب والعواصف، التي حصلت عليها من "الإله الأحمر". سأحميكم من الأعداء، الذين يطمعون بأرضكم، وأفجر الصواعق في الغيوم الداكنة، فتحمل المطر الغزير لأراضيكم البعلية".

يتهرب الناس مني، متعللين بالقول: "نعتذر منك، فنحن لدينا مدينة قديمة منذ غابر الزمان، واتخذنا بعلاً وبعلة حين نهضت، نعبدهما ونجلهما. وقد بنينا هيكلنا العظيم وفق رغباتهما، فليس لنا أن نهدمه ونغيره. ثم إننا قوم مسالمون، ليس لنا عداوات مع جيراننا، لا نريد حروباً معهم، لأننا لا نطمع بحقولهم، فما حاجتنا لإله حرب؟ عليك أن تجد مدينة ـ مملكة ناشئة حديثة، تبحث عن بعل لها، كي يمنح حقولها الخصب. وإذا أردت أن تكون، في الوقت نفسه، إله حرب، فاذهب إلى التخوم مع الصحراء، حيث تُغير قبائل الرعاة البدوية على أراضي المزارعين المستقرين. هناك تجد مبتغاك".

أمضي متشرداً بين البلاد، وأنا أسعى جاهداً لإيجاد زوجة بعلة، راغباً معها منح الخصب لحقول ممتدة وممتدة، دون أن أخفي ولعي باشتعال الحروب، أضمن بها نفسي إلهاً لمقاتليها. أصل بلاد بابل والكلدان في الرافدين، وبلاد الفراعنة عند النيل، وبلاد النبط شمال البادية الكبرى، تصدمني دائماً خيبات الأمل.

في طريق تشردي، تستهويني، أحياناً، إلهة حسناء، وتغويني لتقضي معي ليلة شبقة، تستمع فيها بجسدي الياقوتي، المتأجج ناراً وشهوة. إلا أنها ما تلبث أن تفارقني في الصباح الباكر، هامسة: "لي زوج إله رائع وهيكل دافئ، إنما أغراني جسدك الياقوتي، فخدعتك لأقضي معك ليلة ماجنة. لكنني لا أستطيع الاستمرار معك هكذا، متشردة في برد الحقول، مهما صببت في شفتيّ نبيذاً، وغازلتني بكلمات عاشقة. أتيتك خفية عن

زوجي الإله، وعليَّ الآن العودة إلى سريري في الهيكل. أحسدك على طاقة الحياة الرائعة، والشهوة المتدفقة لديك. لذلك، سأستبقي من ليلتنا الرائعة هذه إلهة فتية؛ ابنة لي، تذكرني بك دائماً".

وريثما تنجلي الأمور، أستقر مؤقتاً في بلاد النبط الصخرية، ذات المدن المسحورة، التي حفرتها آلهتها في صخور الجبال القاسية الوعرة، بمهارة لا تُضاهى. كنت متألماً حزيناً من خديعة إحدى الإلهات النبطيات لي، بليلة عشق مخاتلة. غادرتني منذ الصباح الباكر، بعد أن تمتعت طويلاً بياقوتي الأحمر المتأجج ناراً شبقة، لتعود إلى الإله النبطي زوجها، المنحوتة صورته بجمالية باهرة في الصخر القاسي، من أعلى الجبل إلى أسفله. شهوة ياقوتية عابرة طغت عليها معي، لكن صلابة الصخر الخالد، الذي يتحدى الزمن، كان يغريها أكثر.

قررت البقاء مؤقتاً في بلاد النبط الصخرية، الواقعة على حدود البادية الكبرى، وقلبي يحدثني بعلامات بشارة أسرارية، تلوح من أعماقها البعيدة، حيث يعشق الرجال الغزو والمعارك الضارية. بالتأكيد، هم بحاجة إلى إله حرب يستنصرونه. أختار كهفاً، في جبل مطل على الصحراء، وأعتكف فيه منتظراً حتى تحين فرصتي، مكتفياً ببعض الذبائح الحيوانية العابرة، التي تتصدق بها بعض النسوة النبطيات العاشقات عليّ شفقة، كي لا أموت جوعاً. وكي أتسلى وأمضي وقتي دون ملل، أخذت بنحت أحلامي عن هيكل على صخور جدران الكهف. في أثناء ذلك، داهمتني السنون سريعاً، فلم أدر إلا واكتسب وجه تمثالي وقار شيخ جليل، بلحية كثة، مما جعلني أفقد شيئاً فشيئاً آمال تعلق الإلهات الشابات الحسناوات بي. إلا أني بقيت متألقاً بحمرة ياقوتي، التي لا تبهت مهما طال الزمان، دون أن تخمد في داخلي جذوة رغائب الغزو والمعارك.

أنا عمرو بن لحي، شيخ قبيلة "خزاعة"، سأكمل حكاية الإله "بعل الأحمر"، لأنني أنا من أكتشفه، وستسمر سيرته معي...

أتحدث، أولاً، عن "الركن المقدس"، الذي وُجِدَ في أعماق "البادية الكبرى"، منذ انبثاق "العالم" بكلمة سحرية، مكتسباً ألق قداسته، لتوضعه في "المركز"، حيث تتلاقى المحاور الكونية، فيتوازن بها "الوجود". سوف تزداد عراقة هذه الموضع برفع "الإنسان الأول" بيتاً مقدساً عليه، عندما هبط من فردوسه السماوي إلى الأرض، برؤية حملها في ذاكرته النورانية من هناك، في الأعالي. ووضع في البناء حجراً نيزكياً، أحضره معه؛ بيضوي الشكل، لونه أسود، مائل إلى الحمرة، يختزن أسرار الكون كله.

سيصبح هذا "البيت المقدس" مُشرّعاً للقبائل جميعها، تحج إليه، وتطوف حوله، وتتبرك بأسراره الأزلية.

إلى "الركن المقدس"، قدمت قبيلة "جُرْهُم" من الجنوب، بعد انهيار سد "مآرب" فيه، بسبب "السيل العرم". وسيطرت على "البيت المقدس" زمناً طويلاً، فعلا شأنها بين قبائل الصحراء. إلا أن شوكتها لم تقوَ بينها إلى الدرجة التي تجعلها دون تطاول على سلطانها، إذ لم تستطع نسج أساطير مقدسة باسمها، تُكرس لها السيادة ولسلالتها عليه. لذلك، نازعتها القبائل القوية على المكان، طامعة بالسلطة الروحية على الحجيج وتجارتهم. واستطاعت، في النهاية، قبيلتي أنا؛ "خزاعة"، ذات الشأن والمنعة، والقادمة من الجنوب أيضاً، السيطرة عليه غازية، فقد كان رجالنا كثيري العدد، أقوياء الشكيمة، ذوي بأس شديد. ولكثرة أفرادنا، فقد انخزع فرع منا إلى "الركن المقدس"، منتصراً على "جُرْهُم"، التي تم طردها نحو الجنوب، فيما مضى الفرع الثاني منا شمالاً، إلى بلاد السهول الخصبة البعيدة.

اشتهرت سمعتي بين القبائل، لدى الداني والقاصي، أني رجلٌ ذكيٌ داهية. وقد أصبحت كبير كهنة "البيت المقدس"، أتولى حجابته بحكم سيادتي في القبيلة. أُطعم الحجيج، وأكسوهم، بكرم منقطع النظير، كلما قدموا في الموسم. أنحر لهم عدة آلاف بدنة، فتعلو سدايف اللحم على الثريد، وأمنحهم حللاً من برود الجنوب الشهيرة. لهذا، علا شأني وذاع صيتي في "البادية الكبرى"، وذهب شرفي بين القبائل كل مذهب، وأصبح قولي ديناً متبعاً لا يُخالف، لا أبتدع بدعة، إلا واتخذوها شرعة.

في أثناء ذلك، كنت لا أنقطع عن التفكر والبحث عن أفعال تترك بصمتي في نسج أساطير خاصة بي، تتعيش منها قداسة "البيت"، فيضمن السيادة لقبيلتي، إلى آخر الزمان... وستأتي الفرصة، التي لن أضيعها، في وقت قريب.

ذات مرة، مرضتُ مرضاً شديداً، فأقعدتني الحمى الفراش طويلاً، ولم ينفع في علاجها لا حليب نوق البادية، ولا أعشابها مرة الطعم. أشار علي رجال قبائل رُحّل، قادمون من تخوم الشمال "هناك، بالقرب من الكهوف المنحوتة في الجبال الصخرية، بوجود حُمَّاتٍ تغلي مياهها بأبخرة لاذعة. إذا ما غطس المرء فيها، فإن موادّ سحرية تنفذ في مسامات جلده، وتخترق جسده، وتسير مع دمه، فيشتد عوده، ويبرأ من قعاده المشلول، إذا ما كان مريضاً. لماذا لا تسافر إليها، وتجرب علاجها؟".

عند سماع هذه الأخبار، لم أتأخر عن السفر إلى بلاد الحُمَّات. وصلت إليها، واستحممت في بركها مباشرة. برأت من وقتي، ونهضت متعافياً، مستغرباً من فعل مياهها المسحورة، في الأجساد العليلة.

أسأل كبار القوم من أهل البلاد: "من أين يأتي سحر هذه البحيرات، التي تغلي مياهها، حتى تستطيع أن تشفي من خبائث الأمراض والأوجاع؟".

أجابوني: "مباركة الينابيع هنا بفعل آلهتنا العظيمة، التي بثت فيها سحر الشفاء عبر أنفاسها الدافئة، فتُطرد بحرارتها الأرواح الشريرة، التي تسبب خبائث الأمراض، من الأجساد العليلة. نحن نستشفي بآلهتنا، نتقرب إلى تماثيلها المنتصبة في هياكلنا بالقرابين وطقوس العبادة، فتلبي رجاءاتنا".

-"تماثيل آلهة، وتستشفون بها!؟ لم أسمع بهذا في حياتي، وأنا كبير كهنة "البيت المقدس"".

-"نعم تماثيل؛ صور منحوتة من صخر، نرفعها في هياكلنا، تجسيداً لآلهتنا. ولنعلمك أيضاً أن مباركتها لا تقتصر على حمايتنا من خبائث الأمراض، بل ونستسقي بها المطر الغزير، فتعطي حقولنا وافر الخصب، ونستنصر بها على أعدائنا الأشداء، فتمنحنا وسائل الظفر عليهم. لكن لماذا تطرح مثل هذه الأسئلة العجيبة؟ أليس لديكم آلهة تعبدونها، وصور تماثيل لها في هياكل، تتقربون بها إليها؟".

-"بلى، نحن لدينا حجر أسود مقدس، هبط من فردوس السماء، نطوف حوله لقداسته. ولدينا أيضاً آلهتنا، فنحن نعبد الشمس والقمر والكواكب والنجوم، لكنها بعيدة عنا عالياً في السماء، فلا تسمع شكوانا، إذا ما ناديناها. ثم إن أرض باديتنا مفترشة بالرمال على مد الأبصار، رمال ورمال لا تنتهي، لا صخر قاس فيها، فلم نفكر ببناء هياكل ونحت تماثيل حجرية، نتقرب بها إليها، كما تفعلون مع آلهتكم. ربما لهذا من يقع منا صريع مرض شديد، لا يجد شفاء، فيموت".

-"غريب أمركم يا قبائل البدو، لا تُنحت أصنام الآلهة من الحجر فقط، بل ومن معادن الأرض وجواهرها أيضاً، ومن خشب وطين، إذا أعيتكم الحيلة، فالآلهة تحلّ في تمثاليها، مهما كانت مادتها. وإذا

نقصتكم مواد صنعها، فيمكن أن تحلّ في جبال، أو أشجار، أو حيوانات مقدسة، أو حجارة مرمية على الدروب، ويمكنكم بها جميعها أن تتقربوا إلى الآلهة".

-"على كل الأحوال، أسألكم أن تعطوني واحداً من أصنامكم، أسافر به إلى أرضي إلهاً، أُدخله إلى "الركن المقدس"، وأنصبه في صدر "البيت المقدس". أعجبتني صور تماثيلكم، المنحوتة بمهارة من الصخر الصلد الخالد على مر الزمان. في "البادية الكبرى" نحن بحاجة إلى تجسدات آلهة نعبدها، ننزلها بها من الأعالي، لتعيش بيننا، نشكو لها عن قرب، فتلبينا".

- "لا، آلهتنا لنا، وكل منها مختص بأحد شؤون حياتنا، فلا نستغني عن أي منها. عليك أن تجد إلهاً وحيداً، يبحث عن هيكل وأناس يعبدونه، فتأخذه معك".

-"أين أجد واحداً منهم؟".

-"هناك إله معتكف في أحد كهوفنا منذ زمن، يتحين فرصة اختيار قوم له. لكننا نشك بقبوله الذهاب عميقاً إلى باديتكم، فهو لم يألف حياة الرمال وجفافها، بل وربما يأنف ويتأفف منها، إذ إن تجسده منحوت من أنفس الجواهر، من الياقوت الأحمر".

- "لا، سأقنعه بالرحيل معي".

أمضي عائداً إلى أرضي، وقد امتطيت بعيري مسروراً من لقياي النفيسة في بلاد الشمال؛ الإله "بعل الأحمر"، الذي وافق على القدوم معي، بعد تردد شديد. يمتطي تمثاله بعيراً آخر، يغذ السير ورائي، لاحقاً بي. صحيح أنني أتيت إلى هنا، كي أشفى من مرضي، إلا أنني أعود

بإله تتقوى به قبيلتي، أنسج به أساطير مقدسة، ترفع من شأنها، وتبقيها خالدة بين القبائل، على مر الزمن.

كنت قد جادلت الإله "بعل الأحمر" طويلاً في الكهف، وأنا أغريه، كي يصبح إلهاً عظيماً في أرضي. قلت له: "في أرضنا موضع جليل، اكتسب قداسته منذ ظهور الخليقة. إنما آلهتنا لا تسمع شكوانا، فهي تقيم عالياً بعيداً عنا، في السماء. صحيح أننا نلتقط بضع حجارة، تسقط منها، فنجلّها لأصلها السماوي القدسي، إنما لا آلهة متجسدة في أوثان لنا على الأرض، نتقرب بها إلى السماء، لتقينا مصاعب الحياة. إذا ما قدمت معي، ستكون الإله الأول والأعظم لدينا، وستتقوى بك قبيلتي، شديدة البأس وكثيرة العدد، في سيادتها على المكان".

أجابني بعد تفكر: "منذ زمن طويل، وأنا أتحين فرصة كي أكون إله قوم أقوياء، ذائعي الصيت. لكن ما علمته من التجار الزائرين لدياركم أن أرضكم هي امتداد شاسع من الرمال، لا صخر فيها ترفعون به هيكلاً عظيماً، تفتخرون به بين الأقوام؛ مجرد أراض قاحلة جافة لا نفع فيها، لا مطر ولا ينابيع غزيرة المياه. بهذا، لن تقبل أية بعلة من الإلهات المدللة المغناجة، في بلاد الشمال الخصبة، أن تمضي معي زوجة إلى موضع لا هيكل حجري عظيم فيه، تملؤه رائحة البخور ودماء الأضاحي، ولا حقول خضراء شاسعة ممتدة، تسمح لنا بممارسة أفعالنا الخصبة الجنسية عليها".

ألحُّ عليه: "لكنك ستتدبر أمر نزواتك الجنسية مع إلهات عشيقات عابرات، كما أنك أصبحت تمثالاً جليلاً، كبير العمر بلحية كثة، فما حاجتك إلى إلهة زوجة بعد هذه السنين؟ أنا لا أذهب بك إلى أرضي إلهاً للخصب، فهذا لا يعنينا، إذ لا حقول لدينا، وأشجار النخيل في

الواحات تكفيها رطوبة الغمامات الصباحية. إنما أطلبك إلهاً للحرب، نستنصرك في غزواتنا ومعاركنا، التي لا تنتهي، بين قبائلنا العديدة العنيدة، المنتشرة على امتداد صحارى واسعة. هناك، يتقاتلون باستمرار على الكلأ والمواشي وسبي النساء، وسيقدمون لك من أجل ذلك أضاحي لا تنتهي، بقدر معاركهم المستمرة حتى نهاية العالم، بحيث تغطس قدماك في بحر من الدماء، ترتوي منها. انسَ نزوات إخصابك الجنسية، وتألق بوهج احمرارك، الذي اكتسبته من شفق "إله الحرب"، في السماء، الذي نادراً ما يمنحه لأحد على الأرض".

يغذّ الإله "بعل الأحمر" السير ورائي أنا؛ كاهنه الجديد عمرو بن لحي. أعرف أنه يلحقني ممتعضاً، وأنا متأكد من أن حياة الصحراء لن تسرّه. لكن ليس لديه حلّ آخر، فإلى متى سينتظر في كهفه البارد؟ وهذه الفرصة، التي منحته إياها، قد لا تتكرر، فلماذا لا يجربها، وإن لم يطب له المقام، فسيرجع إلى كهفه، كما قال لي. أفهم أن هذا السفر الطويل في الصحراء إلى مقصدنا، على ظهر بعير، هو أمر مضنٍّ له، فهو لم يعتد عليه. لكنه لا يتوقف عن التذمر طوال الطريق. لذلك، لم أعد ألتفت إليه، مغلقاً أذنيّ، وقد تعبت من تلجلجه الياقوتي، المليء بالدلال.

ما إن هبطت ظلمة الليلة الأولى من سفرنا، حتى سمعت صوت سقوط تمثال إلهي الجديد عن البعير أرضاً، فالتفت إليه متسائلاً باستغراب: "ماذا حدث لك؟".

يجيبني، وهو ينهض عن الأرض بتثاقل حجري، نافضاً الغبار عن ياقوته: "هذا البعير غير مريح أبداً، لم يعتد تمثالي ركب الإبل في الأسفار".

- "هيا تحمّل، بضعة أيام ونصل أرضنا، وتنتصب فيها إلهاً مهيباً، وترتاح".

- "أظن أن ذراعي العقيقي الأيمن قد انكسر أثناء السقوط. لا أجده في العتمة، يبدو أنني أضعته. يحدث هذا معي للمرة الأولى، وسأفقد بعضاً من قواي السحرية بدونه".

- "سننحت لك بدلاً منه، عندما نصل".

- "لكنه من عقيق جبل "نوذ" المقدس، الذي لا يصل إليه بشر، ولن تجد لجواهره بديلاً".

- "سنصنع لك بدلاً منه ذراعاً من أنفس المعادن لدينا، من الذهب الخالص، فاهدأ".

- "أصبحت متردداً بالذهاب معك".

أنا عمرو بن لحي، كبير كهنة البادية، رجل داهية عركتني الأيام، أعرف خفايا النفوس البشرية وتقلبات أهواء الآلهة في أفلاكها السماوية. أقول للإله "بعل الأحمر" المتردد: "ينبغي أن تنزع الحنين من قلبك لأرض مولدك وحقولها الخضراء، وأن تعتاد عشق الرمال الجافة. انسَ اسمك "بعل الأحمر"، ومعه موطنك. إن قومي، الذين ستقيم بين ظهرانيهم، يستثقلون لفظ حرف "العين" في وسط الكلمة. لذا، سأحذفه من اسمك، وأضيف إليه "هاء المناداة" بلغتنا. ويصبح اسمك الجديد "هبل" بدلاً من "بعل". أنت الآن "هبل العظيم"، إله في بلاد الرمال".

أصل إلى أرضي بتمثال الإله "هبل العظيم"، وأنصبه مباشرة في صدر "البيت المقدس" إلهاً سيداً، راغباً بمنحه في موقعه هذا المزيد من التبجيل والشرف الرفيع، وأُعلنُ نفسي "الكاهن الأكبر" له. أدعو

قبائل "البادية الكبرى" جميعها إلى عبادته، وتقديم القرابين له في الحج إلى "الركن المقدس"، يستنصرون ويستشفون به. هكذا، أصبحت الأول بين شيوخ القبائل، الذي تجرأ على فعل غريب في طقوس عبادتهم، بإدخال تمثال بصورة بشرية لإله، مما لم تألفه أقوامهم سابقاً، في صحرائهم الواسعة.

كنت الأكثر دراية بعقائد القوم وآمالهم المعقودة على الآلهة، المقيمة في أفلاك السماء، وما اعتادوا عليه منذ أمد بعيد في طقوسهم التعبدية. كانوا يعلمون علم اليقين أن كل ما يحدث في عالمنا مرتبط بحركة الأفلاك وتقلباتها في الأعالي، التي تتحكم بها إرادة آلهتها السماوية. لذا، تقربوا إليها بالأضاحي، اجتلاباً لخيرها، وإقصاءً لشرها. لكن هذه الألوهة السماوية كانت بعيدة عنهم عالياً، وهم بحاجة للاتصال الطقوسي المباشر مع تجسدات لها. وقد حاولوا إنزالها لتحل بأرضهم، إنما بشكل مبهم، إذ تكاثفت متجسدة في مظاهر مادية أرضية تشي بوجودها. كانت الحجارة من هذه المظاهر الأكثر إيحاء بالثبات والدوام، مقارنة بفناء جسد الإنسان، وبخاصة تلك الصخور الخالدة الساقطة من السماء المقدسة، فتبنوها إشارات دنيوية ظاهرية على الأرض للمقدس الخفي في الأعالي. هكذا، كانوا قد رفعوا الأنصاب الحجرية في البادية، يعبدونها ويمارسون طقوسهم حولها، وسيطاً مباشراً لهم مع آلهتهم السماوية، إلى أن أتيت أنا بالإله "هبل العظيم".

تبلبلت نفوس القوم، ووقعوا في حيرة من أمرهم، عندما نصبتُ تمثال الإله "هبل العظيم" في "البيت المقدس"، إذ اعتادوا تقديس الحجارة الساقطة من السماء، بشكلها الطبيعي، كدليل على جوهرها الخالد، الذي لا يتغير على مر الزمان. وها أنا أصدمهم، وقد أحضرت لهم تمثالاً منحوتاً، بصنعة ماهرة، تتجسد فيه الألوهة على صورة إنسان،

وفيها إغراء بياقوته الأحمر النفيس. مع أن القوم لا ينكرون حكمتي، ككبير كهنة "البيت المقدس"، ويعترفون بسيادتي وحجابتي عليه، ويقدرون كرم وفادتي للحجيج في المواسم، إلا أنهم جادلوني، وإن كان ذلك برفق ولين:

- "لدينا حجرنا المقدس الساقط من الفردوس السماوي، في البيت هنا، نطوف حوله متعبدين، فما حاجتنا إلى إله ياقوتي، لا نعرف أصوله؟".

- "ها نحن ما إن نغادر "الركن المقدس"، بعد انتهاء موسم الحج، حتى نحمل منه حجراً معنا، إلى ديارنا، وأينما حللنا نصبناه. نعبده صبابة لأصله المقدس، فنطوف به كطوافنا هنا، نذبح عنده أضاحينا، ونلطخه بدمائها تقرباً وتيمناً".

- "وإذا لم يكن لدينا حجر من "الركن المقدس"، فإننا نختار أي واحد، ساقط من السماء، نجده في البرية، نستحسنه لهوى في نفوسنا، فننصبه، ونطوف حوله. مجرد سقوطه من السماء يعكس الألوهة بحد ذاتها".

- "وإذا ما اتخذنا منزلاً، فإننا نختار حجارة أربعة، ننظر إلى أحسنها، فنتخذه رباً، ونطوف به، ونترك الثلاثة الأخرى مسنداً لقدورنا، نضرم بينها النار لنعد طعامنا".

- "وعندما نرتحل إلى منزل جديد، نترك أحجارنا القديمة، ونختار أربعاً أخرى في الموضع الجديد، ونكرر فعلنا".

- "نحن مرتاحون لأفعالنا، وقد اعتدنا عليها، فلماذا ترغب بتغيير طقوسنا؟".

أستمعُ إلى القوم طويلاً، بصبر وأناة، وأنا أحسنُ وفادتهم في مواسم الحج. عندما ينتهون من تذمرهم الحائر، أخاطبهم بحكمة وحنكة من اختبر النفوس على اختلاف مشاربها، فأقول لهم مبتسماً: "قومي الأحباء، من طلب منكم ترك عبادة أنصابنا الحجرية المقدسة، والتخلي عن طقوس التقرب إلى الآلهة في السماء من خلالها؟ الأسرار القدسية مكنونة فيها دائماً، وإلى الأبد، ونحن لن نتخلى عنها. إنما سنختار بعضاً منها، ونشكل منه صورة مجسدة لآلهتنا، شبيهة بنا، حتى تميل إليها قلوبنا وأهواؤنا، فنستطيع عندئذ محادثتها والتضرع إليها مباشرة".

يسألني القوم، عندئذٍ، مستغربين: "وبماذا سنستفيد من ذلك؟".

– "بصورتها الشبيهة بنا، يمكنها أن تسمع تراتيل صلواتنا إليها، وترى طوفاننا حولها وسجودنا لها، وتشم رائحة أضاحينا، وتستشعر تقوانا، فنصبح أقرب إليها. سنعبد آلهتنا بأنصاب الحجر الساقط من السماء، وفي الوقت نفسه، نتقرب إليها بصور تماثيلها، فأين المشكلة في ذلك؟".

أرى القوم كيف يتطلعون إلى بعضهم البعض حيارى، مبلبلين مشوشين، فما أقوله، أنا كاهنهم الأعظم، صحيح، وإن كانت فيه غرابة، فكيف يعبدون صنماً على صورتهم!؟

مستغلاً حيرتهم، أستمر في القول: "وأنا ما أحضرت لكم إلا "رب الأرباب"، وهو أيضاً إله حرب قوي، يشع بوهج احمراره الدموي، من كوكب المريخ، نسأله النصر في حروبنا، فيؤيدنا بالظفر المبين. وهو إلى جانب ذلك، إله عالم بالغيب، فأنا أعرف بكهانتي، كيف أستدرجه لمعرفة ما يصيبنا من مجهول الأيام القادمة، فيمكننا أن نستخيره بما نحتار في فعله، فيدلنا على السبيل الصحيح".

أنا الإله "هبل العظيم"، استمر برواية الحكاية الآن، لأنها أصبحت مرتبطة بي أكثر...

تصدرتُ تمثالاً مهيباً في جوف "الركن المقدس"؛ "رب الأرباب"، فيما تناثرت حولي الأنصاب الحجرية المقدسة، بحجارتها الساقطة من السماء. وسرعان ما انتشرت عبادتي بين القبائل القادمة إلى الحج، مسحورة بغرابتي، في حين قويت شوكة قبيلة "خزاعة" بالسيادة الروحية بينها، وبالسيطرة التجارية على الطرق العابرة بـ"الركن المقدس"، وعلا شأن عمرو بن لحي، كبير كهنتي، بفعله وحجابته للبيت.

سيأتي يوم ويصنع لي القوم ذراعاً من الذهب الخالص، بدلاً من تلك المكسورة الضائعة، أثناء سفري، فشعرت بالرضى والسرور، وبدأت أنسى أكثر فأكثر أصولي من بلاد الشمال. ولِمَ لا أكون مسروراً، فقدماي ملطختان هنا دائماً بالدماء، من كثرة الأضاحي المذبوحة لي، كي يستنصر الناس بعضهم على بعض، في حروب لا تنتهي، فيما أنا منتش برائحتها بعمق. إضافة إلى ذلك، فأنا لا أشعر لا بالملل ولا بالسأم، كما كان يحدث لي في كهفي المعتم البارد. أتسلى بعبث الناس أمامي، إلهاً للأقدار، وهم يستقسمون بـ"سهام الأزلام الثلاث"، ويضربون بـ"الأقداح السبعة". يستخيرونني بها في أفعالهم، قبل الإقدام عليها، دون أن أبذل أي مجهود في ذلك، بعد أنّ أقنعهم كاهني الذكي بأني عالمٌ بالغيب. هم يختارون جعب سهامٍ، سُجل عليها "افعل" أو "لا تفعل"، وإذا ما كانت فارغة من الكلمتين، يعيدون الكرة تلو الأخرى. أما الأقداح السبعة، فقد كتب عليها كل ما يمكن أن يفعلوه، من سفر أو حلف أو حرب أو استبصار، وما شابه.

وانتصبت أخيراً إلهاً في بلاد الرمال، أنا "هبل العظيم"، بكعبة وطقوس وأضاحٍ، راضياً مسروراً. إلا أنه مع قدوم الربيع، أشعر بتصاعد طاقة جنسية متفجرة في داخلي، تقض مضجعي، وتذكرني بأصولي من بلاد الشمال. لكن لا إلهة بعلة هنا أطارحها الغرام، ولا حقول هنا تستيقظ في الربيع على التأوهات، فماذا أفعل والدماء الشبقة تغلي في عروقي؟ لم أجد إلا أن أستمني في الظلام، عندما أكون وحيداً، كي أفرغ طاقتي الجنسية. وعلى صوت تأوهاتي، وأنا أستمني، انفتح جبٌّ في الأرض، إنما دون ماء، فلا بعلة معي، كي نفجر فيه معاً ينبوعاً من ماء شهوتنا، فجاء حفرة فارغة جافة. لكن كاهني الذكي، عمرو بن لحي، أقنع القوم أن هذه حفرة مقدسة، تتلقى النفائس، التي تهدى للركن المقدس ولألوهيتي. منذئذ، أخذ الناس يلقون بالملابس الفاخرة والجواهر الغالية فيها، والكاهن يسطو عليها في غفلة منهم.

ذات مساء، جاء كاهني عمرو بن لحي إلى تمثالي، مشوش الفكر مضطرباً، وجلس عند قدميّ، ضائع النظرات مهموماً، إلا أنه بدا غير راغب بالحديث. استغربت حاله، وأنا أعرفه قوياً، واثقاً من نفسه، لا يساوره القلق أو الشك بما يفعله. فسألته بلطف: "كاهني العزيز، لمَ أراك مضطرباً قلقاً؟".

لا يرد، ويبقى صامتاً.

أردفُ قائلاً: "ها نحن لوحدنا، ألا تسر لإلهك بهمومك؟ لا أعتقد أنني أسبب لك مشاكلَ ما، فالناس يتوافدون إلينا جماعات وجماعات، وقد اعترفوا بي رباً كبيراً للمكان، وبك كاهناً أعظم. وها أنت قد علا شأنك بين القبائل، وامتلأ جبك بالهدايا النفيسة، فوجودي لم يأت إلا بالخير لك ولقبيلتك".

يرد أخيراً عمرو بن لحي: "وهنا المشكلة أيها الإله العزيز. أخذ الناس يحبونك بجنون مهووسين بك، وتمثالك يجذبهم الآن أكثر مما تفعل الأنصاب الحجرية، فلقد سحرتهم صورتك البشرية. كأن شيئاً في داخلهم استيقظ من سبات عميق، عندما ألفوها، وشعروا بقربك منهم".

- "هذا رائع، ما المشكلة في ذلك؟".

- "هنا المشكلة، يريدون آلهة أخرى معك، فقد سرتهم عبادة آلهة مجسدة بصورهم، قريبة إلى هواهم. والآن، تتعلل القبائل، المتناثرة في الواحات المتباعدة، أنهم لا يستطيعون زيارتك والتقرب إليك بالذبائح إلا في المواسم. أنا أعرف ما يخفون في الصدور، فهم يريدون آلهة في المواضع التي يقيمون فيها، ليس فقط ليعبدوها، وإنما أيضاً ليتقووا بها على القبائل الأخرى. وأعرف أيضاً أنني إذا لم أحضر لهم آلهة جديدة، فسيجدونها بأنفسهم، وستفقد عندئذٍ تمايزك، وتضيع سيادتي الروحية عليهم. لذلك، أنا مضطرب، مشوش الأفكار".

- "يا كاهني العزيز، لا تقلق. سنحضر لهم آلهة جديدة، إنما باسمنا ورعايتنا. وسأبقى أنا بينهم كبير الآلهة، "رب الأرباب"، ولبيتك المقدس علو الشأن".

- "ومن أين سنحضر لهم آلهة جديدة؟".

- "هذه اتركها لي. سأقنع بعضاً من بناتي الإلهات بالقدوم من بلاد الشمال، إلى هذه البقاع الرملية. سأغريهنّ بكثرة الأضاحي لديكم، ما دمتم تولغون في القتال الدموي باستمرار، إلى هذه الدرجة من الجنون".

- "وهل لديك بنات؟ ما أعرفه أنه لم ترضَ بك أية إلهة بعلة زوجاً لها، لعدم امتلاكك هيكلاً حجرياً".

- "ليس لديَّ إلهة بعلة، هذا صحيح، وإنما إلهات عشيقات بدلاً منها. للأسف، كانت كل واحدة تقضي معي ليلة شبقة، تستمتع فيها بجسدي الياقوتي، ثم تمضي إلى زوجها، إلا أن العلاقة بيننا كانت تثمر بنتاً إلهة. وهكذا، فأنا لديَّ الكثير من البنات الإلهات، اللواتي لا أعرف عددهن. سأرى من منهن لا تزال دون هيكل وقوم يعبدونها، وأقنعها بالقدوم إلى هنا. على كل الأحوال، أخذت أشعر بالملل من وحدتي دون آلهة، في هذه البقاع الشاسعة".

أنا "هبل العظيم"، أتحدث، الآن، مع ابنتي الإلهة "اللات"، كي أكمل الحكاية...

- "أيتها الإلهة "اللات"، يا ابنتي العزيزة، لم أرك مذ كنت صغيرة، وها أنت قد أصبحت فجأة إلهة حسناء ناضجة. أرى أنك لازلت دون هيكل وقوم يعبدونك؟".

- "يا والدي الإله "بعل الأحمر"، يا من تسمى الآن الإله "هبل العظيم"، كل هذا بسببك، فقد تركتني ونسيتني، وجميع الآلهة حولي ينظرون إلي إلهة لقيطة".

- "لا، كان هذا بسبب والدتك الغادرة، الإلهة الكنعانية "إيلة". أتيت أنتِ ثمرة نزوتها الجنسية، عندما خلت بي خلسة عن زوجها الإله الكنعاني "إيل الكبير"، وقد أثار شبقها ملمس جسدي الياقوتي، فتأججت بنار الشهوة، وقضت وطرها معي بليلة حميمية. لكن

كان لديها المبرر أن تغادرني، بعد أن أشبعت رغبتها مني، فأنا كنتُ شريداً دون هيكل، بينما تربعت هي مع زوجها على عرش "مجمع الآلهة"، في "بلاد أوغاريت". أنجبت له جميع آلهة هذا المجمع، بحيث بلغوا سبعين إلهاً بعددهم الكامل. من وقتها تتنعم والدتك بالشهرة، وتشعر بالكبرياء إزاء الجميع، فهي ربة الخصب، خالقة الآلهة جميعها في ديارها".

– "على ما أعتقد أن والدتي ذكية دائماً، كانت تفكر حينها بمستقبلها".

– "هذا صحيح، على عكس أختها "عشيرة"، الإلهة الحسناء، التي عاشت في "بلاد فلسطين". حاول الإله اليهودي "يَهْوَه" أن يجعلها عشيقة دائمة له في السر، لا زوجة حقيقية، فقد كان يخاف أن تنفضح ادعاءاته بأنه إله واحد توحيدي، يستوي على العالم كله. انساقت معه، لكنها رفضته فجأة، عندما اكتشفت حبه المهووس لسفك الدماء، وانفصلت عنه... أراك الآن صورة عن والدتك الإلهة "إيلة"، جميلة، وقوية".

– "لكنني لا أزال حتى الآن سيئة الحظ، بعكس مجموع أخواتي "اللات" الثلاث، اللواتي أصبحن إلهات عظيمات، في ممالك "بلاد الشمال" الواسعة".

– "من أين لك أخوات إلهات، وأنا أعرفك بنتاً وحيدة لي، من الإلهة "إيلة"؟".

– "أخواتي الشرعيات الثلاث من والدتي، بينما أنا ابنة النزوة منك".

– "وماذا حدث لهن؟".

– "في بلاد "مملكة تدمر"، بنى القوم لإحدى أخواتي "اللات" معبداً

عظيماً، على ملتقى الطرق التجارية، هناك. ونحتوا لها على جداره تمثالاً حامياً جميلاً، على هيئة امرأة محاربة، وأمامها أسد ضخم. وجعلوا لها رمزين عظيمين، "سعفة النخيل" و"النجم المثمن"، وبهما تشتهر على مر الزمان".

- "والإلهة "اللات" الثانية، هل كانت سعيدة الحظ مثلها؟".

- "بل وأكثر، فقد تزوجها "إله الشمس" في "بلاد الأنباط"؛ "ذو الشرى". أقاما في معبدهما في حاضرة "البتراء"، حيث يتغاوى كل منهما بتجسده في صخرة طبيعية، مربعة جميلة، لكنها غير منحوتة بتشكيل حي. إلا أن أختي "اللات" ظلت تشعر بالغيرة من صخرة زوجها، المزينة بقاعدة ساحرة من الذهب المشغول، تميزاً ذكورياً له. وعندما زارت إلهة صديقة لها، في "بلاد الإغريق" القديمة، المشهورة بنبيذ عنبها المخمر طويلاً في الجرار، رأت هناك تجسدات الآلهة بصور بشرية، فاستحسنتها. ما إن رجعت إلى بلادها، حتى طلبت من قومها أن يصوروها، هي وزوجها، بتماثيل مهيبة، وهي تفكر بخبث شديد. وبناء على طلبها، صوروا زوجها جالساً على عرش، يحف به ثوران غليظان، أما هي فقد أحاط تمثالها أسدان مهيبان. ولم تكتف بذلك، فعندما أضحت أيضاً إلهة الثمار والحبوب لديهم، طلبت منهم تصويرها بجسد جميل مغطى بوريقات شجر مثمر، نبتت من رأسه وكتفيه سنابل قمح".

- "هذه الأخت ذكية مثل والدتها. و"اللات" الثالثة؟".

- "كانت سيئة الحظ قليلاً، فقد تزوجت كبير مجمع الآلهة عند "الصفويين القدماء"، المسمى "إلاه". لكنه كان إلهاً متشرداً، لا

يحب التجسد في صور، ولا الجلوس على عرش في هيكل، يفضل التنقل في فضاءات حكايات الأساطير. مع ذلك عشقته، فقد كان إلهاً مهيباً ذا سطوة، يتقرب إليه قومه في أي مكان بطقوس خاصة، دون حاجة إلى معبد وكهنة. أما هي فلم ترضَ إلا بمعبد وكهنة وطقوس... والآن ماذا تريد مني؟ لماذا أتيت في طلبي بعد هذا الغياب الطويل؟".

- "يا بنتي الإلهة "اللات"، أريد اصطحابك معي، إلهة معززة مكرمة إلى "بلاد الرمال"، وبالضبط إلى أرض "الطائف"، عند قبيلة قوية، تدعى "ثقيف". ستتجسد ألوهتك هناك في صخرة مربعة، جميلة النقش، مثل تلك التي تجسدت فيها أختك الثانية بدايةً، في معبد "البتراء"".

- "ماذا تقصد بـ"بلاد الرمال"؟ هناك، حيث لا هياكل حجرية، ولا حقول خضراء، وعند قبيلة صغيرة! وفوق كل هذا، أتجسد في صخرة غير منحوتة، دون تماثيل مصورة! ما هذه الدعوة المهينة يا والدي الإله "هبل العظيم"، بعد كل هذا الغياب؟".

- "اسمعيني يا بنيتي، ما حاجتك إلى الهيكل في بلاد لا تعرف العواصف والأمطار. بالعكس، سيكون لك بيت؛ معبد مفتوح للسماء. ستنتصبين هناك إلهة لـ"لشمس العظيمة"، وسيطوف الحجيج حول صخرتك البيضاء، التي ستتخضب بدماء الذبائح المراقة، حتى تحمر لكثرتها. وستهدى إليك، كإلهة أنثى، أجمل الحلي والملابس النفيسة".

- "وما الفائدة من كل هذا، وأنا سأكون إلهة قبيلة صغيرة؟".

– "لا، على العكس، فكاهني عمرو بن لحي يريدك إلهة لكل قبائل الصحراء. أما قبيلة "بني ثقيف"، فسيكونون سدنتك، إذ سيبنون لك بيتاً بحجبة وكسوة، تتصدره صخرتك. وسيحيطونك بمنطقة حرام، تحددها الأنصاب الحجرية المقدسة، فتكون حمى، يأمن فيها الإنسان والحيوان والنبات. ولا أخفيك سراً، فإن قبيلة "بني ثقيف" تريد أن تنافس بيتي الخاص في "الركن المقدس"، وترغب باستغلال الشعائر الدينية في بيتك المستقبلي، من أجل فتح أسواق تجارية منافسة. ماذا ترغبين أكثر من ذلك؟".

– "لكنني أخاف أن أشعر بالوحدة في هذه الصحاري الشاسعة. نحن الإلهات الأنثى نحب الاجتماع والثرثرة مع بعضنا البعض، حتى ولو امتلكت كل منا أعظم الهياكل".

– "لهذا، سأقنع كاهني عمرو بن لحي بإحضار إلهتين أختين لك أيضاً إلى "بلاد الرمال". تتسلين معهما، فلا تشعرين بالوحدة".

– "تقصد إلهتين أختين من بناتك، اللواتي ولدن من لياليك الماجنة مع الإلهات العشيقات، في بلاد الشمال".

– "بالضبط، إلهتان، واحدة من "بلاد بابل"، والثانية من "بلاد كنعان"".

– "آه، "العزى" و"مناة"، أعرفهما. أقبل بهما، لكن بشرط أن نشكل نحن بناتك ثالوثاً أنثوياً قوياً، تدين له قبائل الصحراء جميعها بالألوهية، دون أن نتعدى بالطبع على ربوبيتك على جميع الآلهة. ولأخبرك شيئاً، لقد التقيت "العزة" ذات مرة في "بلاد بابل"، فشعرت بقربها إلى قلبي، بسبب عشقها الشديد لدماء الأضاحي. إذا أحضرتها، أريدها أن تكون قرينتي في قسم القوم بالآلهة".

أتبادل الحديث مع ابنتي، الإلهة "العزى"، في هذا الشأن، فتقول لي...

- "يا والدي الإله "هبل العظيم"، أنت تعرف عشقي لرائحة دماء الأضاحي، منذ ولادتي. لقد ولدت في برج، يُسيطر عليه كوكب الزهرة. لا أهدأ، إذا لم أنتش برائحة الدماء، بشرط أن يُراق الكثير منها على نصبي، حتى تسيل ساقية حمراء، لا تنقطع. وأفضل بخاصة دماء الأضاحي البشرية، فهل لا تزال تتذكر ذلك؟".

- "أتذكر ذلك يا بنتي الإلهة "العزى"، فأنت، مثل كل إلهات كوكب الزهرة، إلهة حرب، تحبين المعارك وسفك الدماء. وأتذكر أنه، عندما كنت إلهة في "بلاد الحيرة"، تمت التضحية على نصبك الحجري بأبناء ملوك أسرى، وبكاهنات آلهة منافسة لك، لحظة شروق كوكب الزهرة؛ "نجمة الصبح"، بطريقة سالت فيها الدماء غزيرة عليه. لكنني سأصحبك الآن معي إلى "بلاد الرمال"، إلهة حرب عظيمة؛ "نجمة الصبح". سنبني لك بيتاً ـ معبداً، تتصدره صخرة نصبك، من الحجر الأبيض الجميل. ونحمي له شِعباً في وادٍ، بالقرب من بيتي في "الركن المقدس"، لا يُقتل حيوانه، ولا يُقطع نباته، ويُلبى العائذ به. ستكونين إلهة قوية عزيزة، تعز من يعبدها. وكي لا تشكين من قلة دماء الضحايا البشرية، سيحمل القوم معهم تمثالك على شكل امرأة، أينما ذهبوا في معاركهم، فيذبحون لك الأسرى مباشرة، لحظة شروق "نجمة الصبح". ألا يرضيك هذا؟".

- "لكن الصحراء جافة؟".

- "ستنبت في معبدك، إلى جانب تمثالك، ثلاث نخلات؛ أجمة

مقدسة، رمزاً لخصبك الكامن فيك كأنثى، فتغري بهم إلهاً عابراً، ليقضي معك ليلة مجون عابثة، فتثمر رطباً طيباً".

وأخيراً أخاطب الإلهة "مناة"...

"وأنت أيتها الإلهة "مناة"، سنقيم لك أيضاً بيتاً ـ معبداً، بالقرب من ساحل البحر، لتجلبي منه إلى البادية السحاب المحمل بالمطر، فتكونين إلهة الخير المعطاء. سيرتفع حجر أسود، نصباً مهيباً لك، لتراق عليه دماء الأضاحي، فأنا أعرف أنك إلهة المنية، تحملين الموت دائماً لأعداء قومك. سيكون سدنتك فاحشي الثراء، بسبب النذور والأضحيات والنفائس، التي ستهدى إليك. وسوف تسرين أختيك الإلهتين، "اللات" و"العزى"، وستصبحن عند القوم معاً "الغرانيق العلى"، بنات الإله "هبل العظيم".

أنا عمرو بن لحي، أكمل الحكاية...

وجاءني رئيٌّ؛ قريني من الجن، في المنام، وهو يزورني عادة في الملمات، لتقديم النصح لي. وقال: "أعرفُ ما يُشغل ذهنك، ويجعلك قلقاً، فاستمع إلى ما سأروي لك، وخذ منه العبرة:

مات خمس من كبار قوم قابيل بن آدم في شهر واحد؛ "ودٌّ"، و"سواعٌ"، و"يغوثُ"، و"يعوقُ"، و"نسرُ"، فحزن عليهم أهلهم حزناً شديداً. ونهض رجل حكيم من القوم، وقال: "تعرفون أن بني شيت بن آدم يأتون إلى المغارة، التي دفن فيها والد جميع البشر، يتذكرونه، وهم يطوفون حوله. أما أنا فسأنحت لكم خمساً من التماثيل، بصور مختلفة، تذكركم بأحبائكم، الذين خطفهم الموت. ستحيا أرواحهم في الحجارة، لأن الحجارة خالدة، على امتداد الزمان. وسأنصب لكم التماثيل على

جبل "نوذ" المقدس، حيث نزل والدنا الأول من فردوسه السماوي، كي تزورونها، وتتقربون بها إليهم".

هكذا، سُرَّت أرواح الخمسة المتوفين، وقد وجدوا صوراً منحوتة يتجسدون بها، ويتقرب من خلالها الأبناء إليهم. إلا أنه سرعان ما أخذت سلالات الأحفاد بتقديس أرواح الأجداد هذه، المتجسدة في التماثيل، ومن ثم عبادتها. واستمر هذا زمناً طويلاً، إلى أن جاء غمرٌ عظيم، كاد يصل بعبابه الأرض بالسماء. أمطرت السماء وقتها دون انقطاع، واشتد جريان المياه حتى أخذت الناس معها، وجرفت أيضاً التماثيل الخمسة بعيداً عن مواضعها على الجبل، وقذفتها عند ساحل البحر. عندما نضبت المياه، ونشفت الأرض، جاءت رياح قوية، وسفّت الرمال على التماثيل طويلاً حتى وارتها. لم تستطع التماثيل فعل شيء دون أناسها، فبقيت مطمورة".

عندما استيقظت من نومي، أنا عمرو بن لحي، نهضت مباشرة، وعجلت بالمسير إلى ساحل البحر. وحفرت في الموقع، الذي دلني عليه رئيّ، فوجدت التماثيل الخمسة بصورهم المنحوتة: "ودٌّ" على صورة رجل، و"سواعٌ" امرأة، و"يغوثُ" أسد، و"يعوقُ" فرس، و"نسرُ" طائر.

سألتني التماثيل بعد أن أخرجتها من الرمل: "ماذا ستفعل بنا؟".

أجبتهم: "كان قومكم، الذين فنوا مع الطوفان، في غابر الزمان، يقدسونكم أجداداً، ويعبدونكم على هذا الأساس. أما أنا، فسأمضي بكم إلى أرضنا، ونعبدكم آلهة عظيمة".

وعدتُ بالتماثيل الخمس إلى أرضي، ودعوت جميع القبائل إلى عبادتها آلهة كبيرة، فاعترضت قبائل قادمة من الجنوب قائلة: "لديكم هنا "هبل العظيم" و"اللات" و"العزى" و"مناة" آلهة للجميع، فاترك لنا

هذه الآلهة الخمسة الجديدة. يأخذ كل قوم منا واحداً منها إلى أرضه البعيدة آلهة شخصية، نتعبدها خارج مواسم الحج إلى "البيت المقدس".

تنتقل، الآن، الحكاية إلى "بلاد الجنوب"، وأنا آساف بن يعلى، سيكمل روايتها...

هاجرت قبيلتي "جُرهم" إلى "بلاد الجنوب"، بعد أن طردتها قبيلة "خزاعة" القوية، من "الركن المقدس"، وسكنت سفوح الجبال الخضراء، العامرة بالأشجار المثمرة. هناك، نشأت أنا، آساف بن يعلى، شاباً ممشوق القامة ناهضها، بهيُ الطلعة ساحرها، ممتلئ بحيوية غريبة عجيبة، تجعل طاقة الجسد لديّ متفجرة بشبق شديد، لا يكل تجددها باستمرار. تدفعني لأن أنتقل من أنثى إلى أخرى، بذكر هائل الحجم، منتصب دائماً، لا يملُ الوصال.

ويُقال عني أن الوصال، الذي جاء بي إلى الحياة، صادف زمن استيقاظ الحقول، عند مطلع الربيع. وقد حدث في ليلة اكتمل فيها القمر بدراً منيراً، في سماء تزينت بأرواح آلهة أفلاكاً، وتراقصت بعبث شهباً، لم تنفك ليلتها عن اللهو بمجون وعربدة. تلقّح والديّ ليلتها في وصالهما تفجر الطبيعة وشبق الآلهة معاً. لذلك، أتيت على ما هو عليه.

تلاحقني النسوة، كي تستفحلني؛ يتراكضن إليّ ليقضين وطراً، لم تختبرنه قبلاً مع أحد من الرجال. ما إن ألمس جسد إحداهن، حتى تنتشي مرة أولى، من طيب فحولتي. فإذا ما أخذتها، أصبتها بجنون الهذيان، من نشوة ثانية عميقة، يختلج بها جسدها بعنفوان. وعندما ألح عليها بمواقعة ثالثة، تدفعني هاربة، وهي تصرخ: "لم أعد أستطيع

التحمل، ربما نلتقي، بعد عدة أيام، أستعيد فيها قواي. لكن أشواقي إليك لا تنضب".

فأخلي سبيلها، ضاحكاً.

وكانت نائلة بنت زيد حسناء شهيرة، ذات بهاء منقطع النظير، يسبقها عطرها أينما تسير، فتستثير الحواس من بعيد. إذا ما أطلت وبانت، اشتعلت نيران شهوة الرجال حولها، فلا يتحكم أحد بغلمته، فتغلبه، فيرتمي لوصالها.

تمتلك نائلة عجيزة ضخمة، يثير تراقصها، إذا ما سارت، شهوة الاستلقاء فوقها، ومعاركة طراوتها. أما ثدياها، فيرتجان هضبتين، تعلوان وتنخفضان، مع أنفاسها المتهدجة، ويغرق الوجه فيهما، إذا ما غاص، يتشمم عبقهما. وعند ملتقى فخذين ممتلئين، ينهض نبع رطوبة زلقة، يفحُّ شبقاً، ويعتصر ذكور أشد الرجال قوة وصلابة، فلا تفارقه إلا مكسورة الجناح، بعد أن تمتص منه رحيق الحياة.

ويُقال عن نائلة إنها أتت إلى الحياة من وصال، في زمن اختمر فيه عصير كرمة الجرود نبيذاً معتقاً، فنزلت آلهة الجبال، تنتشي منه، متجسدة في أطياف، تعبث سكرى بتقلبات الفصول والعشاق. وسقت والديّ نائلة منه، بعد أن لفحته ببعض من أنفاس مجونها، فكان وصالهما مجنوناً. وأتت نائلة على ما هي عليه.

وأصبح من المعروف أن نائلة لا تجد متعة وصال، إلا إذا كثر الجمع حولها، وتتالى عليها ثلة من أشد الذكور، فقد تشفي بعضاً من غلمة عطشها، كبئر عميقة لا تمتلئ، مهما تفجرت المسيلات إليها. وتمضي من جمع إلى آخر، تسلي أشواقها المحتدمة إلى الأجساد بعبث مجنون، لا تردعه عادات زمان أو مكان.

والتقيت أخيراً، أنا آساف، بنائلة، فاشتعلت حواسي بعبق جسدها من بعيد، وانتصب ذكري وصلب بشبق لمرأى امتلائها العجيب. وستقول لي لاحقاً عن رؤيتها الأولى لي، بأن رطوبتها طفحت في عشها، مستشعرة بأني رجلها المنشود، الذي سيروي بعضاً من عطشها العتيق.

وكعادة فعلي مع الإناث، ما إن مسست نائلة حتى جعلتها تنتشي مرة أولى برائحة فحولتي. ثم واقعتها، فأصبتها بجنون الهذيان، وقد أخذني العجب باشتعالها كبركان لا يخمد. وخوفاً من انكسار خاطرها، وقد شغفتني، هممت بالنهوض عنها، حتى لا تصدمها رعشة مجنونة ثالثة، فتودي بها إلى الغشيان. ولكني ذُهلتُ، إذ انقلبت هي فوقي، وأصابتني أنا هذه المرة بالهذيان، فيما أرى هضاب ثدييها، تهطلان فوقي من انتظام إلى تسارع مجنون. ثم أخذت تتوقف قليلاً، لتأخذ شربة عصير كرمة مختمر، ولعقة عسل بري، لتعاود مواقعتي، دون تراجع أو خذلان. تبادلنا الأدوار متقلبين، مرة رابعة، وخامسة، وعاشرة، ولم يكل عضوانا من الهيجان والانزلاق والتراقص. وفي كل مرة، تظهر لي نائلة أعاجيب فنونها من الإثارة والمجون، مما لم يختبره أحد قبلها في المكان. وقررتُ أنها تكفيني بدلاً من جميع النساء، بينما قالت لي إن فحولتي لم يأت بمثلها زمان.

استهوتني نائلة بجنون عاشق، واستهويتها بمثله، بزيادة دون نقصان، كشغف الحقول العطشى للمطر، بعد طول انتظار، وكانتعاش الزهور بندى انبلاج الصبح، بعد ليل طويل. ضجت الجبال والسهول والوديان والشطآن من لهاثنا الشبق، أيقظناها من سباتها الراكد، الغارق في سكون الأزمان. فما إن نتواقع في مكان، حتى يشتعل بنا نماء وخصوبة؛ تطلع حبوب المحاصيل وفيرة، وتثمر الأشجار فواكه يانعة، ويضج السهل بأعشاب الكلأ، ويصبح مذاق عصير الكرمة أكثر إثارة للهذيان. وإذا ما

نزونا في حظيرة، حملت الإناث من القطعان، بما لم يحلم به الرعيان. وإذا ما اشتهينا وصالاً لا يكل، قرب عين ماء صغيرة، تفجرت بفيض غزير، ومضت ساقية تروي الشجر والحيوان. حتى الأحجار تتألق برطوبة نادرة، ما إن تسمع لهاثنا، المسافر كمواويل الحقول، تتندى منتشية، كأنها استيقظت، ومارست عشقاً مع النسمات حولها.

هكذا، أصبحنا، نحن الاثنان، آساف ونائلة، رمز خصوبة ونماء، في ديار قومنا. نذهب في سبات عميق، في فصليّ الخريف والشتاء، كي يرتاح جسدانا، المكللان بالشهوات العميقة. ويستيقظان ليمنحا الأرض صحوها ربيعاً، وإيناعها صيفاً.

أقول لنائلة: "لنذهب إلى "رب الأرباب"، في وسط البادية؛ الإله "هبل العظيم"، حيث تحج الأقوام إلى بيته المقدس. لنقدم له الطاعة والولاء، كي يبارك أفعالنا على مر الأيام، فيعطي لها معنى عميقاً، يرتقي فوق أفعال الزمان الدنيوية".

تجيبني نائلة مترددة: "لِمَ نذهب، ونحن ننعم بالبساطة وراحة النفس، هنا. نرتوي من عشقنا لبعضنا البعض، ونمنح الخصوبة والنماء والعطاء لما حولنا. لقد سمعتُ الكثير عن عجرفته، ورغائبه بالتوحد فوق جميع الأرباب. وما أعرفه أنه وحيد دون إلهة زوجة تؤنسه، فقد يغار في عطالته الجنسية من فعلنا، وقدرتنا على إيقاظ الإنسان والحيوان والنبات والجماد من سكونها، وإشعالها باشتهاء الحيوات، فيؤذينا لعبث الشر في غيرته كإله حرب أيضاً، وأخاف...".

وتصمت نائلة فجأة، إلا أن تعابير وجهها لازالت تحمل الكثير من خفايا القول. تصمت، كأنها تخشى الإفصاح عما يجول في خاطرها لوجل خطير، فأشجعها قائلاً "هيا، استمري، مم تخافين؟".

تقول لي نائلة: "رب الأرباب" هذا، المعتكف في بيته المقدس، دون إلهة زوجة، قد يستثارُ بشهوة حمقاء، عندما يرى جسدي، ويتعرف على قدراتي في إيقاظ عطالة الكائنات والجماد، فيقضي وطراً مني، ليستغل قدراتي في الخصوبة والإنماء لصالحه. يقضي معي ليلة واحدة، ثم يرميني، إذ إنه لا يُسرّ كثيراً بالاجتماع والمسامرة، فما هو معروف عنه هو كثرة العشيقات من الآلهة، قبل قدومه إلى "البادية الكبرى"، ويرغب في البقاء أبداً في شرنقة وحدته السرمدية. في هذه الليلة العابرة، قد يمزق شهواتي بسهام قدسيته الكلية، فيجرحها ويدميها، ويرميني بعدها في عطالة أبدية. يشبع هو نزوته القدسية العابرة مرة، بينما تهجرني أنت دائماً، وتفتقد الحيوات حولنا خصوبتها ونماءها. ثم أخاف أيضاً يا آساف...".

- "غريب أمرك يا نائلة اليوم، ومم تخافين أيضاً؟".

- "من الإلهات الدمويات المخيفات؛ "اللات"، و"العزى"، و"مناة"، اللواتي يعشن دون آلهة أزواج. بالتأكيد، ستستثيرهن فحولتك، التي لم تشهد لها "بلاد الرمال" مثيلاً، فيحتجزنك عندهن ليروين شبقهن الوحشي، وأعود أنا وحيدة".

أحاول أن أخفف من توترات نائلة وترددها، فرغائبي ترقى إلى أن نتجاوز معاً الطموحات الدنيوية، فأقول لها: "أرغب أن أبقى وإياك مذكورين على كل لسان، لدى جميع الأقوام، على مر الأزمان، يلهجون بالعبادة والشكر لفعلنا السحري المعطاء. لن يحدث هذا، إلا إذا منحنا "رب الأرباب" مباركته. على كل الأحوال، لن تمسسنا الآلهة بسوء، إذا ما احترمنا حرمة "الركن المقدس" وطقوسه".

تجيبني نائلة، وأنا أشعر أنها توافقني دون اقتناع: "لنذهب. لكنني أتخوف ليس فقط منه ومن بناته الثلاث، وإنما أيضاً من فعلنا، الذي لا يهدأ، لا في الليل ولا في النهار؛ فعلنا، الذي لا نستطيع السيطرة عليه، مادام مجرد وجودنا معاً يستحثنا على الإيقاظ والاشتعال".

أسخر منها قائلاً: "سأواقعك عشرات المرات، قبل أن نمضي إلى حرمه. لا ندخل فيه، إلا وقد ارتوينا من جسدينا، فلا نسيء لقدسية المكان بمواقعة مفاجئة، ونطوف بالبيت المقدس هادئين، مقدمين فروض الطاعة والاحترام".

عندما نصل إلى "الركن المقدس"، يستقبلنا الكاهن الأعظم، عمرو بن لحي، قائلاً: "قبل العبور إلى قداسة المكان، عليكما أن تخلعا ملابسكما، التي تحمل دنس أفعالكما الدنيوية، ولترمياها تحت الأقدام، حتى تبلى مع مرور الزمان، وتذوب في الرمال، هي وأحمالها من ذنوب الأيام. وعليكما أن تطوفا عاريين، كما ولدتما، فتصبحا بصفاء روحيكما مؤهلين لحمل مباركة "رب الأرباب"؛ "هبل العظيم"، على مر الزمان".

ندخل حرم "الركن المقدس" باكراً، قبل انبلاج الفجر، عاريين كما جئنا إلى الحياة، بعد أن أمضينا ليلة مشبوبة بالعناق والوصال. نطوف مرة أولى، وقد سبقتني نائلة، مستعجلة، كأنها تريد أن تنهي واجباً يثقل عليها. ألحقها، مستمهلاً إياها، كي أعيش لحظة وجدان عميقة، مندمجاً في سحر المكان والزمان. تسير أمامي عارية، بانشلاح شعرها على كتفيها، وألحقها عارياً بجسدي الممشوق. فاجأني مشهد عجيزتها الضخمة المكورة بامتلاء، وهي تحتل بدلال مساحة متألقة من الفضاء المقدس حولها، وكأني أراها للمرة الأولى. ترتج على إيقاع سيرها، فتذهب يميناً ويساراً وتعود، متراقصة مع تطاير شعرها المشلوح. خلبت فؤادي، ولم أعد أستطيع إزاحة بصري عنها.

لم أرَ نائلة بمثل هذا السحر المثير منذ زمن بعيد، فهي تلحقني، في العادة، عبر الحقول والجرود والوديان، كما تجري جميع النسوة عادة خلف الرجال. فإذا ما جاءتنا الشهوة، في ذات زمان ومكان، التحمنا سريعاً، دون أن يمهلنا الشبق تأمل مفاتن الجسدين. أما الآن، كأني أكتشف، في هذا المكان المقدس، سراً من جسدها كان مستوراً، مختبئاً في النسيان؛ عجيزتها الرائعة، انبثقت، وانفلتت أمامي ندية، مع انبلاج الصباح الباكر، فسحرتني، بحيث نسيت الطواف وحرمته. انتصب ذكري بطريقة لم أختبرها من قبل، لمرأى العجيزة، وهي تناديني وتدعوني للالتصاق بها، والانغماس في ملذات طراوتها.

يبدو أن نائلة أحست بعبق الفحولة وراءها. ألتفت، فعجبت لما شاهدته من انتصاب وهيجان لدي، وقد اقتربت ملتصقاً بها. ترددت، وهي راغبة في إتيانها لمرأى ذكري العجيب. همست: "لكن قداسة المكان؟".

أجيبها دون تفكر: "لازال سيد المكان نائماً، مسترخياً في غفوته الصباحية المباركة".

-"والطائفون مثلنا؟".

-"الوقت فجر، يبدو أننا في خلوة من الناس. لنمارس فعلنا سريعاً، في غفلة منهم، قبل أن يتكاثروا، وتفضحنا شمس الصباح، فأنا لم أرغب بك سابقاً، كما هذه المرة".

-"وأنا أيضاً، لا أستطيع منع نفسي من وصالك، برغبة لم تتملكني بهذه الشدة، في يوم من الأيام".

- "يبدو أن المكان، لم يرَ مثل جسدينا المتأججين بشهوة الانتعاش. هو من يستحثنا أن نوقظ رماله وجفافه من سباتها السرمدي، التي

ألقاها عليه الإله "هبل العظيم"، بشهوته الخامدة... فهيا بنا مادام المكان ينادينا".

قبّلتُ نائلة بشغف محموم، ثم وطأتها بشوق وشهوة مشبوبة، كأني أواقعها للمرة الأولى، فتحولت الهمهمات بيننا إلى همسات، ثم تعالت إلى نداءات، فصرخات، مزقت السكون الخامد حولنا، منذ غابر الزمان. استيقظ شوق الرمال للانتعاش، تحت ارتجاج جسدينا وضجيج لهاثنا، فانفجرت من انتشائنا عين ماء؛ انبثقت من بحيرة طافحة في الأعماق، لم تكن بحاجة إلا إلى هزة وصرخة من عاشقين مثلنا، حتى يتفجر ماؤها فيضاً غزيراً.

أنا عمرو بن لحي، سأكمل الحكاية، لأن ما حدث بعد ذلك، لم يكن في الحسبان، وقد شاهدتُ منه عجب العجاب، وأنا العالم بأسرار المكان...

ما إن تفجرت أعجوبة عين الماء، حتى تراكض القادمون للطواف إليها، إذ لم يروا مثلها في هذه الرمال. غسلوا أيديهم ووجوههم وأرواحهم، وتباركوا بهذين العاشقين الثملين بنشوتهما. لكن سيد المكان؛ الإله "هبل العظيم"، استشاط غيظاً، فقد فعلها هذان العاشقان الغريبان، وفجرا الرمال، التي عجز عن إيقاظها، بمداعبة ذاته استمناءً، منذ قدومه إلى هنا.

كان أقصى ما استطاع فعله هو حفر جب جاف، بلهاث نشوته الذاتية، تحول لمرمى كنوز، من نفائس الحجيج. في الواقع، فالإله "هبل العظيم"، بعد طول البقاء وحيداً، تقدم به العمر مديداً، وأصبح عاجزاً عن إغراء إلهة صغيرة، كما كان يفعل منذ زمن. بل وأصبح نزقاً،

لا يُسرُّ باللقاء والاجتماع مع شركاء من الآلهة، ينادمونه ويسلونه، كما كان يفعل كبار آلهة الشمال.

في ذروة غضبه مما فعل العاشقان، قام الإله "هبل العظيم" باستجماع جاذبية المكان، المتكئ على توازن المحاور الكونية، ووجهها طاقة سحرية غاضبة على العاشقين. وتحولا، باستيهام قلقه الغاضب، إلى صنمين حجريين، لتجرئهما على سلطته فوق هذه الرمال. ورمى بكل واحد منهما بعيداً عن الآخر، في "الركن المقدس"، عقاباً شديد الإيلام لهما. إلا أنه لم يستطع السيطرة على المياه المندفعة من أحباسها المرصودة الغابرة، بعد انكشاف سرها المكنون، فقد كانت بحاجة إلى انفلاتة عشق، لن تغور بعدها. من بعد هذه الحادثة، بدا أن بعضاً من ألق تمثاله الياقوتي قد خبا، وأنا أعلم العالمين بأحوال الآلهة.

ما إن مضى نهار وجاء ليل، حتى شقّ سكونه صوت قرقعة مستمرة لحجرين ضخمين؛ قرقعة بلهاث حجري، يوقظ النائمين وشاردي الخيال. وإذا بالصنمين، آساف ونائلة، قد زحفا على الرمال، في غفلة من سيد البيت، وعادا إلى مكان وصالهما عند عين الماء. تعانقا معاً، والتحما جسداً حجرياً واحداً، لا يشقه إله أو إنسان. استعادا أنفاسهما الحجرية، ومضيا في وصال لا ينتهي، فيما فاضت مياه الخصب حولهما، فسالت ساقية غزيرة، انتعشت بها نخلات الواحة العطشى.

أنا عمرو بن لحي، أعلن بين الحجيج: "آساف ونائلة هما أعجوبة، لم يَجُد بها الزمان من قبل؛ إلها خصب ونماء ملتحمان بصنم واحد، فأقبلوا يا قوم على عبادتهما بكل التبجيل الاحترام. وتقربوا منهما بما تثمر به أشجارنا من تمر، وما تنتجه نوقنا من حليب، كي يزيدانها وفرة، بلهاث عشقهما الحجري الحي".

جاءت النسوة العاقرات تتمسح بالعاشقين الحجريين، ويغسلن فروجهن بمياه ينبوعهما، فيحملن في ليلتهن من وصال، مع أول عابر طريق يلمحن الشهوة في عينيه. واجتمع العشاق عند أقدامهما، بعد أن علقا عليهما أعطياتهما من القلائد النفيسة، تبركاً وتقرباً. لكن سيد المكان، الإله "هبل العظيم"، الذي لا تسره إلا رائحة الدم، لينتشي بها، تأفف من قرابينهما. أشعر أنه يضمر شراً للعاشقين الحجريين، متحيناً فرصة الإيقاع بهما، وقد أكلت الغيرة قلبه.

أكمل حكاية الآلهة، أنا عمرو بن لحي، العليم بأخبارها وأحوالها. لم أكن فقط كبير كهنة "الركن المقدس"، بأصنامه وكعبته، وقد جلبت الكثير من الآلهة من الشمال، بل عشت أيضاً معمراً، سنيناً طويلة؛ 340 عاماً، شهدت فيها الكثير من الأحداث، وأنجبت أكثر من ألف ولد، خضت بهم الحروب. وكنت غنياً، ذا سطوة بين القبائل، إذ امتلكت عشرين ألفاً من الإبل... لهذا تكتسب الحكاية، التي أرويها، معناها على مر الأيام.

هكذا، مر زمان طويل، منذ أن أحضرت الإله "هبل العظيم" إلى "الركن المقدس". في هذه الأثناء، اشتعلت "البادية الكبرى" بنداءات روحية، وقد استمرأت القبائل فيها فعلي، باستقدام آلهة إلى أرضهم، وأنا العالم بنفوس الناس. استعذبوا مخاطبتها في صورهم، ليلبسوها مخاوفهم، وأحلامهم، كأنهم اكتشفوا فراغاً في قلوبهم وأرواحهم، وقد ملأته بالآمال. أصبحت الفضاءات الفارغة الشاسعة في صحرائهم تضج بأصوات الآلهة، وأفعالهم العابثة، ومجونهم. وهي وإن كانت تتطلب منهم قرابين دموية، لا نهاية لها، كي ترضى عنهم، إلا أنها كسرت الوحشة، التي يعيشها الإنسان بين الرمال والرمال.

تخاطبني الجموع: "أحد عشر إلهاً لا يكفون البوادي الشاسعة، يا عمرو بن لحي، نحتاج منها مئات، بقدر واحاتنا ومخاوفنا، ونرغب معها بيوتاً مقدسة؛ كعبات، وحمى حولها، وأسواقاً تجارية باسمها. وكلما كان إله قبيلتنا قوياً، أصبحت سلطتنا أكثر مهابة بين القبائل، إذ نريده أن يبارك غزواتنا. ولِمَ لا، فليقاتل أيضاً معنا".

أترصدُ أخبار الآلهة، في "بلاد الشمال"، أعرف أنه قد تناهى إلى سمعها أصداء ضجيج النداءات الروحية، الصادرة من صحرائنا الكبرى، بإغراءات جلبة المعارك المستمرة فيها، تحمل معها رائحة دماء الأضاحي. أدعوها إلى ديارنا، تلبي الدعوة، وتنزاح إلينا جنوباً بكثافة.

كانت آلهة الشمال قد تعبت من التنافس فيما بينها على بضعة مدن ـ ممالك، لا يصمد في الصراع عليها، إلا من يغري الأقوام بصفات الشراسة الأقوى؛ إله حرب وبراكين وعواصف، أو إله خصب ماجن داعر. أما هنا، في هذه الصحراء الواسعة، فالقبيلة الواحدة تقبل حتى بإله صغير بسيط، مهما كانت قدراته وصفاته، ويكفيه الحلم بأن يكون كبيراً عظيماً، في قادم الأيام، كي يبسط سلطته على أفراد قبيلته. هكذا، تسللت إلينا آلهة من الشمال بكثرة، تجسدت بجبال، وأشجار، وأنصاب، وحيوانات، وتماثيل مصورة.

نزل الإله "ذو الخلصة" إلينا، فوجد تجمع قبائل عظيمة الشأن، إلى الجنوب من بيت "الإله هبل"، على مسيرة سبع ليال منه. عرف بحدسه الإلهي أنهم أقوياء الشكيمة، يريدون منافسة قبائل "الركن المقدس"، بكعبته، والمبارك بأزليته وبآلهته الكبرى؛ "هبل"، و"اللات"، و"العزى"، و"مناة". تجسد لهم بصخرة بيضاء من الرخام، نهضت إلى جانبها شجرة مقدسة: "العبلاء". وحتى يغريهم بعبادته أكثر، ابتكر لهم طقوس تقرب منه، فيها مجون جنسي عابث، يرمز إلى الإخصاب،

أحضرها معه من "بلاد الشمال"، حيث تسود الحقول الخضراء، في السهوب الشاسعة.

سُرَّت قبائل الجنوب من الإله "ذو الخلصة"، بطقوسه الماجنة، فبنوا له بيتاً كبيراً، بحمى واسعة، سوروها بالأحجار. وسموه "الكعبة اليمانية"، وصل عدد سدنتها إلى المئتين. يريدون بها منافسة كعبة الإله "هبل العظيم". أخذوا يحجون إليه، يذبحون له الأضاحي، ويستقسمون الأزلام أمام نصبه. وأخذوا يحلفون باسمه، ويوقعون عنده العهود. وتقربوا من الشجرة "العبلاء" في حماه؛ إلهة أنثى محببة، تبركاً وتيمناً بها، فألبسوها القلائد والملابس النفيسة، وأهدوها مما تنبت أرضهم من حنطة وشعير، وصبوا عليها الحليب، مما تنتجه إبلهم وشاتهم، وعلقوا عليها بيض النعام.

ثم قدم وراء "ذو الخلصة" الكثير من الآلهة؛ "اليعبوب"، و"باجَر"، و"نُهم"، و"سُعير"، و"الأقيصر"، و"عُميانس"، و"الشارق"، و"شمس"، و"قزح"، و"قيس". تجسدوا جميعهم بتماثيل ذي صور بشرية أو حيوانية، فيما اختار الإلهان "سعد" و"الجلسد" صورتي صخرتين. وانتصب الإله "الفلس" أنفاً صخرياً أحمر وسط جبل، وتحولت إلهتان إلى "نخلة نجران"، و"سدرة ذات أنواط"، وتميز إله بتجسده في جمل أسود.

وفي منافستها لكعبة "الإله هبل"، رفعت قبائل مختلفة بيوتاً وكعبات مقدسة، حول أنصاب وتماثيل آلهتها. لم يمض زمن، إلا وانتشر الكثير منها، من أمثال "كعبة نجران" لبني الحارث، و"كعبة غطفان"، و"كعبة سنداد" لبني إياد، و"بيت رضى" لبني ربيعة، و"بيت شمس" لبني تميم، و"كعبة رئام" بصنعاء، حتى بلغ عددها إحدى وعشرين كعبة، يحجون إليها، ويمارسون طقوسهم فيها.

كثرت الآلهة، وازدحمت بهم الصحارى، فأصبح لكل قبيلة إلهها الشخصي، ولكل دار إله خاص بها، يصنعه أهلها مما تيسر من حجر، أو جوهر، أو معدن، أو خشب. وإذا ما أراد أحد من أهل البيت سفراً، كان آخر ما يصنع أن يتمسح بإلهه، كي يكون طريقه آمناً. وإذا ما قدم، تمسح به أيضاً، فرحاً بعودته سالماً. بل وقد يصحبه معه أحياناً في سفره، يصلي له في الطريق.

وجاء زمان، تزايدت فيه أعداد الآلهة في الصحارى بشكل كبير، بعد أن قدمت من جميع الجهات، بضجيجها المليء بالأسرار. أخذت تنبثق مع الأنفاس؛ آلهة لكامل الصحراء، يعبدها الجميع، وآلهة شخصية لكل قبيلة، وآلهة عائلية لكل دار. ولِمَ لا، أصبح هناك أيضاً آلهة لليوم الواحد، وآلهة للفعل الواحد، وآلهة للصمت، والصدى، والظلال، والألوان. أصبحت صخور الأرض تماثيل آلهة، ولحظات الزمن تماثيل آلهة، وأحلام الناس تماثيل آلهة... تماثيل وتماثيل لا تُحصى، تنتصب منحوتة على الأرض، أو تنبثق أطيافاً في الخيال، يكاد يغلب عددها البشر.

لا أحد يدري حقاً، إن كانت الآلهة قد انبثقت صور ظلالٍ، من الجهات المترنحة، متسللة من بقاع تشردها على أعتاب النسيان في الشمال. أم هبطت من الأعالي، التي لا تُطال، مغادرة أفلاكها السماوية الباردة، إلى القلوب البشرية الدافئة. أم طلعت من النفوس القلقة، حيث تشتعل المخاوف والآمال في الأعماق بجذوة لا تنطفئ... لا أحد يدري، أو ربما قدمت في الوقت ذاته من المواضع الثلاث هذه معاً، فخرجت من الصمت إلى صدى الظلال.

كانت الصحارى أرضاً قلقة، يلفها الغموض والإبهام، يرخيان ظلالهما الأسرارية على الرمال، وعلى القلوب، التي لا ترى إلا امتداد رمال ورمال.

مع قدوم الآلهة، تغيرت الأمزجة والطبائع والأحوال، فإذا ما انبثقت عين ماء من سحر الزمان، أو طلعت نخلة بين كثبان الرمال، أو تراكض قطيع غزلان في الأفق، تسارع القوم إلى الاندهاش، وأحاطوها برهبة الأسرار المقدسة، فها هي عيون الآلهة الراضية عن البشر. وإذا ما انفجر بركان، وسقطت صخوره النارية من السماء، أو أصاب الأرض قحط، فهذا من فعل ظلال الآلهة الغاضبة، المرمية في النسيان، دون قرابين.

كل ما يتوق إليه الفرد، والقوم، والقبيلة، من تراكض لفك طلاسم المعاني، التي تلتقطها شباك الشك، يُرمى على الآلهة، فتكشف لهم خفاياها الأسرارية. كل ما يشتعل في أعماق اللاوعي من مخاوف مبهمة غامضة، لا ينقطع انسيابها القلق إلى السطح، تهدئه، فتمنحهم الأمان. الآلهة دائماً بقربهم، والجديد منها يطلع مع كل طارئ، فتتوالد في القلوب، والتوهمات، والحكايات، لتصبح الأساطير حقائق الزمان.

أنا الإله "بعل العظيم"، العارف بأمور المستقبل والأقدار، سأنهي الآن "الحكاية"؛ حكايتي، وحكايات جميع الآلهة، المنبثقة معي، في الصمت والظلال.

هناك، في الأعالي؛ في "البعد الكوني الثالث"، في "حكاية قديمة"، كنت أعيش كائناً وحيد الجنس، نتيجة خلل في انبثاقي للوجود. اتخذت شكل تجسد بشري ببرنامج محاكاة، وصنعت عالماً مبرمجاً بإنسان وحيد الجنس على صورتي. إلا أن هذا الإنسان الأول وجد امرأة، انبثقت سحراً في دغل كتيم الأسرار، دون معرفتي، واكتملا معاً بفعل متعة ومسرة، لم أختبره أبداً. منفلتان من رقابتي، قام الرجل

والمرأة بلقاءات متعة ومسرة، تناولا فيها تفاحاً أحمر، وشربا نبيذاً مختمراً، فتوالدت منهما سلالات جديدة من البشر، مفعمة بالنشاط، تمارس فعلهما المدهش.

سرعان ما انبثقت من أحلام البشر هؤلاء إلهات وآلهة، يتحدونني على غزو القلوب بقدراتهم السحرية. جسدهم البشر بتماثيل وأنصاب، ومظاهر طبيعية، من تضاريس ونبات، من أجل التقرب بها إليهم. وبنوا حولها المعابد والكعبات، بينما بقيت أنا هناك عالياً، بعيداً، منعزلاً عن أحلامهم وآمالهم.

من هناك، فشلتُ مرة بتدمير عالم البشر بغمر عظيم، مكتشفاً أن قدراتي الاستيهامية محدودة، بسبب قصور في خيالي. قررت، عندئذ، الانسلال إلى "حكاية جديدة"؛ إلى عالم الآلهة على الأرض، بصورة واحد منهم؛ "هبل العظيم"، "رب الأرباب". لكني بقيت محتفظاً بكياني في السماء، من "حكاية قديمة". كنت أظن أنه بنزولي إلى الأرض، سأحصل على إلهة أرضية، زوجة دائمة لي، أستقر معها دائماً. لكني فشلت هنا أيضاً، فما حصلت عليه ليس سوى إلهات عشيقات عابرات، ومنافسين من أصول بشرية، مثل إساف ونائلة، حتى شعرت بالملل، فهل قاربت "الحكاية" على نهايتها؟

تستشعر بناتي، الإلهات الثلاث؛ "اللات"، و"العزى" و"مناة"، بما يدور في ذهني، فنهاية الحكاية هي نهايتهن أيضاً. أقول لهن، كإله عارف بالمستقبل والأقدار "لا تخفن، تتعدد مسارات "الحكاية" نحو المستقبل بقدر تعدد الاحتمالات فيها. نحن نعيش، في إحدى عوالمها، بعد أن انبثقنا من أحلام البشر. وبقدر ما يحلمون، فإن مسار حكايتنا معهم مستمر، فلا تغادرنا الحياة. هم مسرورون بلقاءات

المتعة والمسرة بيننا، سواء بيننا نحن الآلهة، أو بيننا وبين بعض البشر المختارين. تتشكل من هذه اللقاءات أساطير حياة، تمنح الخصب لحقولهم، متجددة مع كل ربيع".

تسألنني الإلهات: "والإله الوحيد، في الأعالي، ذاك الذي مازال يعيش في "الحكاية القديمة"، دون زوجة، ويشعر بالغيرة منا؟".

"لن يجد مريدين له بين أقوامنا هنا، لإنه لا يعرف ماهية العشق، فلا أحد يحلم به. هو لا يعيش إلا على المتعة الذاتية، مستمنياً، وهذه لا تنتج إلا توهمات، تنطفئ مباشرة، دون توهج أساطير حياة، تشد البشر إليه".

"وأنت "هبل العظيم"، العالم بالأقدار، أخبرنا، هل ستنتهي حكايته؟".

"كي يستطيع الاستمرار في حكايته، ينبغي أن يجددها دائماً بأحداث مثيرة. لذلك، يريد الاستعاضة عن الأحلام بالدماء".

"وما هو بفاعل؟".

"سينهض مسار حكاية جديدة له، في عالم من احتمال آخر؛ كائن مسيطر وحيد، دون آلهة منافسة، قائم على استبداد ذكوريته، واحتقاره للإناث من البشر. سينبثق لديه قادة جيوش على صورته، بنفوس متوحشة قاسية، شبيهة بجفاف الرمال، لا ترتوي إلا من الأشلاء البشرية ودمائها. يُسرّون بالمعارك والمجازر والخرائب، ويرفعون ضحاياها إليه قرابين. لكن البشر سيتمردون في النهاية على سفك الدماء، فهم بحاجة إلى السلام، كي يحلموا. وسيأتي وقت، وينتهي استيهامه بافتقاده للأشلاء والدماء، ويموت جوعاً وعطشاً".

"هذا يعني يا والدنا، أنه لن يهدد حكايتنا، وسنعيش نحن أبد الدهر؟".

"لا علاقة له بعالمنا، لكننا سننتهي نحن أيضاً مثله، ذات يوم. نحن انبثقنا من حكاية، وسنختفي معها، عندما تغادرنا".

"وهل سنختفي إلى الأبد؟"

"قد نعاود الانبثاق بأشكال جديدة، مع حكايات أخرى. يحتاج الناس الحكايات في كل العصور، بدونها لن يستطيعوا أن يحلموا بحياة أفضل".

"بما أنك إله الأقدار والمستقبل، ألا تستطيع أن تتنبأ لنا بالحكاية القادمة، وإن كنا موجودين فيها أم لا؟".

"لا أعرف إن كانت تنبؤاتي صحيحة أم لا. لا أعرف، إذا كنا نحن، حقاً، استيهامات حكاية، أم لا، أو ربما شيء ما آخر غريب. عالمنا نحن؛ أنا "رب الأرباب"، وأنتم الآلهة، وذلك "الكائن المتمدد على أريكة في السماء"، ما هو إلا أحد احتمالات، استخرجنا بها الخيال من "العدم" إلى "الوجود"، عبر محاكاة. وحكايتنا تتكرر باحتمالات لانهائية، تتالى بانزياحات أحداث، تنكسر بها حدود الأزمة والأمكنة. لكن لديّ حدساً بأن هذه الصحارى الكبرى، ستغدو مرتعاً لحكاية جديدة، مرتعها برارٍ وحشية. سأكون أنا بطلها؛ نصف إنسي ونصف كائن مشيطَن، سيمضي خارقاً الأزمنة والأمكنة، وستكنّ موجودات أنتن أيضاً، إنما كائنات سحرية متشيطنة...

الحكاية ستلد دائماً حكايات بأشكال جديدة".

(3)

وحش الفيافي

"يأتي المزارعون، والرعاة، والطحانون، والصناع، من حكايات الضياء،
يلونون حياتنا بالخير والفرح.

يأتي العسكر من حكايات الظلام، يملؤون حياتنا بالشر والخراب".

"حكمة صالحة لكل زمان ومكان"

أستيقظ في "الحكاية الجديدة" من نوم عميق، غفوت... منذ متى؟
لا أدري. كأني قادم من زمن سحيق، كأني أنبثق في عالم جديد. أستيقظ
من أحلام غريبة، لا أتذكر منها سوى صور مشوشة ضبابية مبهمة، غير
مفهومة؛ عن كائن أتلبسه بجسد عجوز غريب، يشع منه نور، يضجع
على ما يشبه أريكة، هناك في أعالي السموات. عطشٌ للدماء، يتأفف
باستمرار من قلتها. ثم أغدو تمثالاً ضخماً من عقيق أحمر، بيد ذهبية،
تنتصب حوله تماثيل عديدة، في صحراء كبيرة... صور خفية مضطربة،
قادمة من "حكايات أخرى"، تومض في ذاكرتي لبرهة من زمان.

ثم ينمحي كل شيء.

أنا "الحكاية الجديدة".

الحكاية تروي نفسها في البداية...

فياف، وفلوات، وقفار، ومفازات، وغياض، تمتد بعيداً، بهضابها، ووديانها، وآكامها، وآجامها، إلى آفاق، تمضي إلى اللايقين. كلما تم السعي إليها، لا يمكن التماسها، حتى في تطرفات جنون الخيال. عالم متاهات سري، وحشي، موحش، يكتنفه الغموض والريبة، لا تعمره إلا كائنات سحرية متشيطنة. انبثقت من الوهم إلى الواقع؛ من تشظي بروق الخوف، في نيران الوحدة، واشتعالات الريبة والتوحش. جاءت خفية من اللازمان واللامكان، من انكسارات المعنى، واشتعلت انفلاتات نزوات وأهواء. ترتسم في الفضاءات أطيافاً بانخطافات ضوئية، وإذا ما تجسدت، تبدت ضروباً من الصور وغرائب الأشكال.

تعبث الكائنات السحرية المتشيطنة في الأرض، تسرح وتمرح، تتلهى بدهشات التجلي والتخفي، بألعاب الانبثاق والانفلات، في فضاءات خلاء، لانهائية. تمعن في الحضور أمسيات حكايات، فتضج في ظلمات الليل حياة، وتنسل نهاراً، هاربة من الضوء، إذا ما تم السعي للقبض عليها بإدراكات واعية.

غيلان وسَعَال تشرد في بطون الأودية ورؤوس الجبال، تنشط بتحولاتها السحرية، تتلهى بمختلف ضروب الصور الآدمية، في رغبات لا تدرك منتهى وهدفاً لها سوى العبث بتشكلاتها. تتباهى الغيلان بعيون مشقوقة طولاً، وحوافر ماعز، تعدو بها، وإن ببطء، فيما تتغاوى السعالي بأذنابها، دون أن تعيق تحركاتها، وهي تتنقل بسرعة، تخطف الأبصار والإدراكات.

شـقوق تتأمل رهطهـا، مختالـة بأشـكالها المتفـردة؛ أنصـاف آدمية مشـقوقة بالطول، من الأعلى إلى الأسـفل. لكل منها نصف جسد طولي، بيـد ورجـل وعيـن ونصـف فـم جانبـي. إلا أنهـا رغـم ذلك تعدو سـريعاً بقدمها الوحيدة، بخفة لا يجاريها بها ذو حافر. وإذا ما توقفت، فإنها لا تنقطع عن التقافز، هنا وهناك.

وساويس تسكن الهواء على ضروب حيات، بأجنحة تطير بها، تتلوى في الفضاءات، فتملأ خلاءاتها بالخوف والاضطراب والريبة.

قطارب صغيرة القد، خفيفة الحركة، تشكلت في صور هررة وسنانير، تتقافـز بسـرعات مجنونـة، فلا يُعرف إن كانـت بانخطافاتها حقيقية، أم مجرد وهم متخيل.

أبالسـة قدموا من مسـاكن أصولهم في أعالي البحار البعيدة، ومردة تركوا جزائرهم المنعزلة، وعفاريت هبطوا من سـموات الرهبة. يملؤون فضاءات الحكايات بالخشية والغرابة، بعد أن انفلتوا من قماقم، حُبسوا فيها دهراً طويلاً، فما إن تحرروا حتى عاثوا في الخلاءات عبثاً وجنوناً.

دهالب تشـكلت بأنصاف علويـة مـن أجسـاد آدميـة، تراكبت مع أنصاف سـفلية لنعـام، غـادرت جزائر بحارهـا البعيدة السـعيدة. تركت هنـاك مـا كانت تتغذى به مـن لحوم الغرقى، الذين تقـذف بهم البحار على شـطآنها. ماذا سـتجد بدلاً منها في هذه القفار؟ أم أغراها اجتماع أقرانها من الكائنات المتشيطنة، كي تشاركها عبث الحكايات!

جنٌ يتخلى عن تشـكلات خفائه ما وراء تخوم الوهم، ليتخذ ضروباً مـن الصـور فـي حضور الواقع. تنفلت إمّا خشاشُ أرضٍ وهوامها، من حيـات، وعقـارب، وعظـاءات، وخنافس، وسـحالٍ، تزحف وتسـعى في

الممرات الخفية بين الأكمات، أو كلاب سود تنبح دون توقف، تثيرها ريح طيارة، وروائح مبهمة عطنة، أو هفافات ذات أجنحة، تعلو وتخفق بانخطافاتها في الهواء. صور لا يدرون لِمَ يتشكلون بها، ومتى يتحولون عنها. ربما، هكذا تقتضي الحكاية.

جن عُمَّارٌ يعمرون ودياناً وجبالاً، يفرضون سلطانهم ورهبتهم عليها؛ على وحشها، وشجرها، وينابيعها. لا يبرحونها، رغم قدرة انفلاتهم في المكان. شيء ما مبهم يجذبهم للاستقرار والعمران فيها، ومتعة فرض السلطان عليها.

عندما تتعب الكائنات السحرية المتشيطنة من انخطافاتها، من لهوها وعبثها، وتريد أن تتجول دون جهد، تمتطي صهوات يرابيع، وقنافذ، ونعام، وظباء، وثيران وحشية، وحمير وحش، تسوح بها في البراري الواسعة.

في أطراف الفلاة، عند مغرب الشمس، ليس ببعيد عن أكمات، تخفي أسرارها، تنتصب مضارب بنيران موقدة ليلاً، كي تبعد الوحشة والارتياب عن فضاءاتها. يرتد إليها رجال سمر، لوحتهم شمس الفيافي بلهيبها الحارق؛ غلاظ الوجوه، قساة النظرات، بقلوب متآلفة مع التوحش حولهم. شديدو السواعد على مقابض سيوفهم الحادة، يترصدون الوحش خوفاً على إبلهم وماشيتهم، وهم يرعونها في تخوم النهارات. يرتدون ليلاً إلى نيرانهم، يتحلقون حولها، يسترخون، مصغين إلى حكايات، تكسر صمت الظلمة ووحشة القلوب.

توقد النيران نسوة جميلات، بطلات حكايات الأمسيات، لوَّحت شموس النهارات وظلال الأكمات بشرتهن بسمرة محببة. تشعل شهوة

العبث معهن في غفلة من الزمن والمضارب؛ تحت خباء، أو وراء أكمة، أو في ظل نخلة.

قوافل تجول الدروب الطويلة الغارقة في الآفاق، تنقل أحمالها من القلائد والحرير، والطيب والمسك والبخور، علَّها تجمّل قساوة العيش وجلافته هنا، بطراوة قادمة من عبق العمران. لكنها لا تنفك تقع تحت رحمة صعاليك المكان، المتشردين المتوحشين، القادمين من أعماق الجوع والغضب، يغيرون عليها، فيقتلون وينهبون، ويعودون أدراجهم منفردين إلى وحوشهم ووحشتهم.

هنا، في سفر الليالي الطويلة، على التخوم، بين المضارب الساهرة وقفار الكائنات المتشيطنة، التي لا تهدأ ولا تنام، تشتعل أصول الحكايات، أبطالها إنسيو البراري الحقيقيين وكائنات الوهم السحريين. هل تثير الحكايات الخشية والقلق والترقب في الأفئدة، أم تجمّل الفيافي والفلوات والقفار بملئها حياة، حتى لو كانت متشيطنة؟

تعرُضُ الغيلان للسفار والسابلة، إذا ما توحدوا في الخلاءات، تتلبسن لهم في أحلى ضروب صور النساء، مم يشتهي القلب ويفتن النظر، وتتجملن لهم في أكثر الملابس إثارة، في صحراء الجوع للجسد المشتعل. تغويهم وتستهويهم، فيتبعونها باشتهاء، فإذا بهن يبعدنهم عن الدروب، ويجعلنهم يتوهون في اللانهايات. وتوقد السعالي نيراناً ساطعة في ظلمة الليالي، تجذب هؤلاء السفار والسابلة من بعيد. يسرعون إليها ظناً منهم أنها مضارب قوم كرماء، تؤوي المتعبين الجائعين، فإذا بهم قد وقعوا في فخاخها.

ما إن تنفرد الغيلان والسعالى بهؤلاء المتوحدين في البراري، حتى تبدأ لعبة اللهو والعبث والتحايل بهم، في أمكنة دون معالم وحدود. يستلبن بصيرتهم، فإذا هم تائهون، لا يدركون. يأخذنهم بالأيدي، ويُرقصنهم، مع إثارة الضحكات حتى يتحيروا، ويسقطوا بين الصحوة والغشية، فيستسلمون. وإذا ما رغبن بهم، يستفحلنهم بشبق شديد، ثم يمتصصن دماءهم طازجة، أو يتركنهم لحالهم، يهيمون ضائعي العقول، مما رأوا واختبروه من جنون.

لكن الشقوق، التي تتعرض للسابلة المتوحدة، لا تفقه العبث واللعب معهم، مثل الغيلان والسعالي. سرعان ما تصيبهم بفزع شديد لمرآها الغريب المفاجئ، وهي تتقافز حولهم بجنون، على ساقها الوحيدة، فلا تتركهم إلا وأهلكتهم ضرباً حتى يموتوا. وقد أصبحت الشقوق أكثر عدائية، منذ أن تعلمت من الإنسيين استعمال السيوف المسروقة منهم، فلم يعد يجاريها إلا القليلون في استخدامها، مما يزيد في خطرها، إذا ما تراقصت حول مضارب منعزلة. تتلطى وراء أكمات حولها، منتظرة الانفراد بفرائسها من الرعاة، كي تقتلهم. هكذا، لمتعة سفك الدماء.

من بين هذه الكائنات السحرية المتشيطنة، يبدي جن العُمَّار طيبة ومروءة وحسن ضيافة، إذا ما حل قوم بواديهم أو جبلهم، واستجاروا بهم، ولم يتعدوا على سلطان أرضهم. يسكّنون روعهم، ويسمحون لهم بالإقامة، ورعي إبلهم وماشيتهم. بل ويردونها لهم، إذا ما ضلت المرعى، ويبعدون عنها الوحش، كي لا يمسها بأذى.

أنا بطل "الحكاية" الآن.

... هنا في هذه المتاهات السحرية المتشيطنة، ولدتُ، أنا سليل التوهمات، ذات سفر في منام، نصف إنسي ونصف كائن مشيطَن، سيمضي خارقاً الأزمنة والأمكنة.

تروي لي والدتي...

صحيح أنني ولدتكَ، هنا، مثل إنسية، لكنك اكتسبتَ الكثير من صفاتي وطباعي السحرية المتشيطنة. وصحيح أنني تآلفت معك، واعتدت عليك، لكنّي لا أشعر بك ابناً لي، ليس لعلاقة حب أو كره، إنما نحن جموع الغيلان والسعالي لا يمكننا اختبار هذه الانفعالات الإنسانية بطبيعتنا الجنية. ببساطة، لا نشعر بها، كما هو الأمر عند معشر الإنسيين. ليس لدينا ذكوراً وإناثاً، كي نستهوي بعضنا بعضاً، ونتناكح فيما بيننا، فلا نحمل ولا نلد، إنما نتكاثر بانخطافات ضوئية في حكايات الاستيهام، فتزداد أعدادنا الجنية، وتملأ فضاءات الخيالات والأوهام.

لكن هذا لا يعني أننا لا نحب الوصال الجنسي مع الإنسيين من الرجال، إذا ما تلبسنا لهم بصورة امرأة فاتنة مغرية، مما يسمح لنا باللهو والعبث معهم، والنوم معهم بشبق ممسوس. في النهاية، وفيما هم مسترخون، غارقون في خدر اللذة، نمتص دماءهم، دون أن يبدوا أي ردة فعل مقاومة، أو حتى مستنكرة.

... وأتيت أنتَ إلى الحياة عبر فضاء الحكاية، بنزوة مجنونة ألمت بي، لم تراود غولة قبلي، ولن تراودها بعدي. استفحلتُ إنسياً بطريقة عجيبة، قادتني إليه أقدار الحكاية، بعد أن وقعت أنا تحت سلطانه، بدلاً أن يقع هو تحت إغرائي. هذا الإنسي هو والدك، ومن وصالنا أتيت أنتَ.

كان والدك، عندما عرفته، كائناً غريباً، فيه خلطة من الوحش والإنسان، لطول ما عاش منعزلاً مستوحشاً، في هذه البقاع. غادر المضارب والعمران، في زمن بعيد، إلى غير رجعة، للوثة ضربت عقله، بعد أن اختُطفت له حبيبة إنسية، كان يعشقها حتى الاختبال، فنقم على الناس، وانزوى في القفار.

وبما أن روحه استوحشت الناس، سرعان ما تخلى حتى عن السطو على القوافل وقتل رجالها، وتحول إلى لحم الظباء، وحمير الوحش، وبيض النعام، وخشاش الأرض، يقتات بها. وأصبح يبايت الذئاب والضباع، ويؤاكلها، مما يصطادون معاً.

لم يكن والدك الجلف القاسي يعنيني. كان من الصعب اختباله، بعد ما اختبر طويلاً التعامل مع الكائنات المتشيطنة، لطول الإقامة بين ظهرانينا، فأصبح حذراً منا بطريقة لا يمكن الإيقاع به. أصلاً، لم تعد تغريه صور النساء، اللواتي نتشكل بها، بعد أن فقد محبوبته، في حين كانت السابلة كثيرة في هذه البقاع الواسعة، التي يتوهون بها، فيقعون ضحايا سهلة لنا، دون مجهود.

إنما منذ تلك الحادثة الغريبة، التي وقعت لي في البئر، استهويت هذا الرجل القاسي بشغف مجنون، وتعلقت به بحب إنسي، لم تختبره

غولة قبلي. لم أعد أرغب بعدها إلا باستفحاله، بطريقة تنطبع بها روحه الإنسية في فؤادي الجني، بغض النظر عن الرغبة بامتصاص دمائه الحارة المغرية، بسبب تغذيه المستمر بأطايب حيوانات هذه الفيافي.

لأخبركَ كيف حدث هذا.

ذات مرة، تشكلتُ بجسد أفعى سوداء، أتلهى بمتعة انزلاق حركته الانسيابية على الرمال الناعمة، والتسلل بواسطته في الأجمات، بحثاً عن خشاش الأرض، أتسلى بالتهامها.

أصابني عطش شديد، وأنا في جسدي الأفعواني هذا، بسبب سخونة الرمال، وجفاف أعشاب الأجمات، والتخمة بالحشرات. شممت رائحة رطوبة ما، غير بعيدة عني، تلفتُّ ملتاعة من العطش، فلم أرَ عين ماء أو مجرى له. بحثت بلوثة عن رائحة الرطوبة، فإذا هي تصدر من بئر قائم في ظل تلة، تغور مياهه إلى الأسفل. أسرعت زاحفة إليه لأرتوي، إلا أنه من شدة عطشي، لم أتروَّ وأخفف اندفاعي نحوه. لم أدرِ، إلا وسقطت فيه.

كان البئر عميقاً، ذا ظلمة حالكة في الأسفل، تقشعر لها أبدان الإنس والجن، على حد سواء. شعرت بالخشية والعجز، ولم يعد يهمني الارتواء، بقدر المجاهدة في الخلاص من هذا الفخ العميق، الذي أوقعت فيه نفسي. كانت الجدران ملساء من الرطوبة، وسيلان قطرات الماء، ينزلق جسد الأفعى عنها، إذا ما حاولتُ تسلقها. مع ذلك، جاهدت مراراً، ولم أصل إلى مراميّ.

قررت أن أعود لتشكلي الجني، في انخطافي اللامرئي، كي أخرج من البئر طيراناً. لم أنجح أيضاً في التحول إلى طبيعتي الأصلية، بسبب

ضيق المكان، ورطوبته، والعتمة الحالكة فيه، مما لم يسمح لي بالتزوبع، والاشتعال نيراناً وضياء.

وقعت في أسوأ حالاتي، التي لم تحدث لي في حياتي، بسبب سوء تقديري وتصرفي الأرعن. لم يكن لي إلا الصراخ بصوت إنسي أنثوي مذعور، مستنجدة بعابر سبيل، ينقذني من هذا المأزق المميت، لعلمي أنه لن يساعدني على الخروج من البئر، سوى إنسي استثير شفقته ونخوته. يحدث هذا بين الإنسيين، على عكس معشر الغيلان والسعالي، التي لا تفقه معنى الاجتماع والعون، ولا تعيش إلا على اللهو والعبث، ومتعة امتصاص الدماء.

بقيت طويلاً على هذه الحال، حتى قطعت الأمل من البقاء على قيد الحياة.

في هذا الوقت، مر بالبئر الرجل المستوحش، الذي سيكون والدك في القريب العاجل، كعادته ظهراً، كي يدلي بقربته الجلدية، ويملؤها ماء. سمع من قعره صوت استغاثتي الإنسي، المبحوح من كثرة المناداة والخوف، واستوقفه هذا النداء الغريب، الذي لم يطرق سمعه في هذه القفار.

حزم أمره على الاستجابة للنداء، وإن كان مُستغرباً، ونزل البئر بخفة ومهارة، ليتفاجأ عند وصوله القاع ببصيص عيني أفعى، تتخبط في الظلام، على سطح الماء. استل سيفه الحاد، يريد قطع رأسي. لكن مرأى دموع متألقة في عينيّ، تسيل مدراراً، استوقفه، وأثاره صوتي الحزين، وأنا أتضرع له "أرجوك أنقذني، سأكون مطيعة لك طوال عمري".

رقَّ قلبـه لـي، وأزاح سـيفه عنـي قائلاً: "سـأنقذك رغـم غدر الحيات، إذ يبـدو أنـك صغيرة، طيبة، تعرفين لغة الإنسيين. لكن إن حاولت أن تغدري بي، فسأقطع رأسك، وأرميك من جديد في الماء".

بالطبع، لم أفصح له عن طبيعتي الجنية الغولية، كي لا يتراجع عن إنقـاذي، بـل تباكيت كثيراً، وقلت كاذبة: "أعدك، فأنا أحب الناس، ولم أؤذهم في حياتي".

سـمح لـي بالالتفـاف علـى ساعده القـوي، الـذي تمتعت بملمسـه الرجولي، وتسلق بي جدار البئر، عائداً بي إلى النور والحياة. من وقتها، وقعت مجنونة بعشقه، ولهةً برجولته المشتهاة أشد الوله.

أخـذت أتشـكل لـه بصـور أجمـل النسـاء، كـي أغويـه، فيسـتهويني، لكـن دون نتيجـة، فبمجـرد أن عـرف بتغولـي حتـى نفـر منـي، محاذراً الاقتـراب منـي. إلا أنـه بمقدار مـا كان يرفضني، أزداد عشـقاً له وولهاً برجولته، حتى ضمر جسدي الغولي، وساءت أحوالي الجنية، وضعفت قدراتي السحرية.

كان والدك رجلاً قاسياً، صلباً، عركته الأيام الصعبة، وهو متوحد مع الوحـوش، في هذه البقاع المقفرة الشاسـعة. خبرها، وخبـر حيواناتها وكائناتها الجنية. وهذه الأخيرة لم يكن حذراً منها فقط، بل كان عدائياً تجاهها، لأنه يعرف مكائدها وغدرها.

أكثـر مـا تبـدت عدائيتـه تجاه الشـقوق، الشـريرة بطبعهـا، أنه ما إن يلمح شـقاً مـن بعيد، يتقافز علـى الرمال حتى يرميه بنباله، التي لا تخطئ، في القلب مباشرة. وإذا ما فاجأه قريباً منه، يستل سيفه الحاد، يقطع لـه سـاقه الوحيدة. في كلتا الحالتين، سرعان مـا تحضر الذئاب

لتناول وجبة شهية نادرة، من لحم الشقوق الجنية المرمية أرضاً، ممتنة لوالدك فعله الشجاع، الذي كان يكفيها شر الاشتباك والعراك مع كائنات لا يمكنها هزيمتها. وكانت الذئاب ترغب أكثر بلحم الدهالب، بخاصة نصفها العلوي الإنساني، فيلاحقها والدك بخفة، ويقصها بسيفه الحاد من منتصفها. ويسمح للذئاب بالتهام ما ترغبه، بينما يكتفي هو بنصف النعامة السفلي.

يكره والدك أكثر ما يكره إناث الضباع اللئيمة، الشبقة دائماً. تسعى جهدها باحثة عن رجال قوافل قتلى، رميت جثثهم في العراء، في أطراف هذه البقاع. إذا ما جيفت أبدانهم، انتفخت وتضخمت، فتبدو أعضاؤها الجنسية قد انتعظت بشكل كبير، فتنكح بها أنفسها بشبق، قبل أن تلتهم كامل الجثة.

نأنف نحن معشر الغيلان والسعالي فعل الضباع الشنيع، ونشمئز منه. لا نستهوي، ولا نستفحل، إلا رجال أحياء حقيقيون، يتمرغون معنا بنار الشهوة، على الرمال الناعمة، فنصل معهم إلى ذروة وصال ممتع. ثم يسترخون مستسلمين لنا في أحضاننا الإنسية، بعد همود الرغبة، مما يسهل علينا امتصاص دمهم الطازج، من أوردة رقابهم مباشرة. لذلك، نبتعد عن الجيف النتنة، الهامدة الحياة، ذات الدم الناشف العفن، ونلاحق الأحياء المتوحدين حتى يقعوا بفخاخنا.

مع أن والدك الشرس كان يعيش متوحداً طوال الوقت، دون امرأة تمتعه وتسليه، إلا أننا نحن معشر الغيلان والسعالي لم ننجح بإغرائه، رغم كل محاولاتنا باختباله، إذ لم نكن ندرك أن نفسه عافت النساء، بعد فقدان محبوبته.

عندما نلـح في ملاحقته وإغرائه، يضجر منا، فيصفق بكفيه عالياً، وهو يصيح بنا بصوت هادر مهدداً، فنهرب خائفين من أصوات القرقعة والصراخ، فنشرد بعيداً عنه.

ولطول العشرة مع الذئاب، تآلف معها، وقبلته هي في رهطها لكثرة ما أطعمها مـن الدهالب والشـقوق. ورغـم نومه بينها، لم يكن يشعر بالأمـان مـن الكائنات الجنيـة. لذا، يخط حـول مضجعه دائرة سـحرية، يزينها بأسنان ثعالب وسنانير، وقوائم أرانب. يقرأ عليها تعاويذ وتمتمات سـحرية منفرة، فيتشـكل حوله فضاء سـحري محميٌّ، ينقلب إلى نيران محرقة، إذا ما تجرأت إحدانا على الاقتراب، في محاولة لاجتياز الدائرة. ولا يكتفـي بذلـك، بـل يقلب ثيابـه، وينام بها على هـذه الحال، حتى لا يحلم بمنامات مزعجة، فلا نستطيع التسلل إليها.

شاعت حكايتي في البراري الشاسعة بين الغيلان والسعالي، وتألمن لسوء أحوالي. إلا أنهن لم يخفين رغباتهن في استهواء رجلي وامتصاص دمه، لا سـيما بعدما عرفن أنه يملك قلباً رقيقاً في العشـق، ودماً طازجاً من كثرة ما تناول من لحوم البراري. وصلت أخباري إلى غولتنا الكبيرة، المقيمة في غيضتها الملكية، فيما وراء التلال. استدعتني إليها، مستغربة جيشـان مشـاعري المتولهـة، إلـى الحد الـذي لا يعرفه معشـرنا، بحيث طبقت شهرتي آفاق الفيافي.

كانـت الغولـة الكبيـرة معروفة في طـول البقاع وعرضها بمكائدها الذكية، التي أوقعت بها عدداً كبيراً من الرجال، بطرائق سـرية، لا تبوح بها لأحد. لذا، بدا جسدها الغيلاني، المغطى بالوبر الأسود، مكتنزاً، من كثرة ما امتصت من دماء طازجة، في ماضيها الثري بالمغامرات العشقية.

ما إن شاهدت الغولة الكبيرة نحولي وضموري، حتى أدركت عظم مصيبتي وآلامي، فرَّق قلبها لي وأشفقت عليَّ. قالت لي، بعد أن أنبتني على تصرفي الأرعن، الذي قادني إلى البئر: "سأساعدك يا غولتي الصغيرة المسكينة، وأبوح لك ببعض من أسراري، التي لم يعرفها أحد قبلك، ولن يعرفها أحد بعدك. سأعلمك بعضاً من حيلي، التي لم ينجُ منها رجل متوحد في القفار. لكن عليك أن تعديني بعدم نقلها إلى أية غولة أو سعلاة أخرى".

أجيبها بلهفة: "أعدك يا غولتي الكبيرة، كما أنني لن أستخدمها سوى مرة واحدة، من أجل الإيقاع برجلي، فأنا لم أعد أرغب بغيره".

تردف الغولة الكبيرة قائلة، بطريقة أشبه بالهمس: "رغم الدوائر السحرية، التي يخطها بعض الرجال الماكرين حول مضجعهم، وتمنع تشكلاتنا الإنسية أو الحيوانية عبورها، فأنا أستطيع تجاوزها بالتسلل إلى مناماتهم انخطافاً ضوئياً شفافاً، بهلاميتي الجنية. هناك، في المنام، أتعرف على النساء، اللواتي يحلمون بهن، فأتشكل بصورهن، معتنية بأدق التفاصيل، بما فيها ملابسهن، وطرائق عبثهن في الوصال. لذلك، يسقط الجميع في فخ الإغراء، الذي أنصبه لهم، بمجرد رؤية صورة حبيبة قديمة مشتهاة، دون الحاجة لإيقاد نار تجذبهم إلي".

"أنت مذهلة يا غولتي. لكن رجلي ماكر جداً، لا يكتفي بسحر دائرته، بل ويقلب ثيابه قبل أن ينام، فلا يستطيع أي جن التسلل إلى مناماته".

"مسكينة أنت يا صغيرتي، لم تختبري الحياة حتى الآن جيداً. ألا تعرفين أن ثياب المتوحدين في القفار مهترئة من كثرة الاستخدام،

ولا يوجـد مـن يعتنـي بهـا، ويرتقهـا. عليك أن تجـدي فيهـا، وهي مقلوبة، ثقبـاً، شـقاً، موضع اهتراء، تنزلقين منه إلى جسـد الفريسـة، الذي ما أن تلامسيه، وهو نائم، حتى تكوني قد وصلت إلى بوابة مناماته".

"والدائرة السحرية التي تحميه؟".

"يا صغيرتي، إذا تسـللت إلـى منامـه من شـق ثيابـه، ووصلت إلى مبتغـاك، فلا تخرجـي مـن الدائـرة، كـي لا تحترقي مباشـرة، إنما انزلقي بسـرعة بيـن ذراعيه بتشـكلك الإنسي، الذي لامسته في المنام. وستسير الأمور بعد ذلك دون عائق".

وتسـللتُ إلـى منام الرجل الشـرس المتكبر، ذات ليلـة، كما علمتني الغولـة الكبيـرة، ويا لهـول مـا رأيـت. كانت هنـاك نيران شـديدة تحرق مضارب قـوم، أغـار عليهـا قطـاع طرق أفاقون شرسـون، يرومون سـرقة الإبل والماشية وسبي النساء، وقد حولوا الخيام إلى جحيم مشتعل، كأنَّ الأبالسـة نزلـوا يعيثـون فيها خرابـاً. يقتلون كل من يقـف بوجههم دون رحمـة، لا يفرقـون بيـن كبيـر أو صغير، فيما يرمون النسـوة أمامهم على صهوات جيادهم، ويمضون بهن بعيداً.

كان رجلي القاسي يقاتل بشراسة، وقد اجتمع عليه عدد كبير من المهاجميـن، ضخـام الجثة، غلاظ البشـرة. وكانت امـرأة باكية ملتاعة، مشـعثة الشـعر، ممزقـة الثيـاب، تلطخ وجههـا بالدمـاء، تسـتنجد به، وهي تحـاول الهـرب مـن ثلاثـة رجـال متوحشـين. لكن الكثـرة غلبت الشـجاعة فـي النهاية، فقد سـقط رجلـي مثخنـاً بجراحـه، فيما غابت حبيبته المختطفة عن نظره، وغابت عنه الدنيا، فسـقط مغشـياً عليه. أدركت عندئذٍ سره.

في تلك الليلة، بعد أن تسللت إلى منام من سيصبح والدك بعد قليل، وسبرت مجاهله، عرفت ما عجزت عن إدراكه جميع الغيلان والسعالي، اللواتي حاولن استهواءه، وفشلن. عندما خرجت من مسارب الحلم، لم أقفز خارج الدائرة، بل تمددت مسترخية بين ذراعيه، بصورة محبوبته المختطفة، دون أن أهمل في تجسدي أياً من تفاصيل شكلها يوم سبيها. تركت شعري مفروداً مشعثاً، وثيابي ممزقة، بل حتى كانت تصدر منها رائحة دخان حريق خيام. بكيت بنشيج هامس مختنق، بحيث بللت الدموع وجهي وصدره، فيما كانت تنهداتي تجعل صدري يتقافز بين ذراعيه. تحرك قليلاً، وقد أصبح على التخوم بين الغفوة واليقظة، يصيخ السمع، دون أن يفتح عينيه. كأنه تعرف على محبوبته في صوتي، متذكراً بكاءها، وهي تستنجد به يوم السبي، لكنه ظن نفسه في منام. عانقني بحنان، وتشمم شعري ورقبتي، ولثم عينيّ، وشعرت بدموعه تسيل على وجهي وصدري، كان يبكي بصمت.

كان والدك يبكي حقاً! إنه العشق الذي لا نعرفه نحن معشر الجن، لكن قلبي الإنسي ارتعش وخفق بشدة، بحيث سألت نفسي فيما إذا كنت سأمتص دماءه، بعد أن أنال مرادي من الوصال معه، أم لا.

تخليت بسرعة عن هذه التساؤلات السيئة، ووجهت مشاعري الإنسية والجنية نحو الانصهار به، كي أحتفظ بشيء من عبقه، وشغفه، وروحه. بكيت معه، دون أن أدري من أين أتتني هذه الاختلاجات الروحية، التي لا نختبرها نحن معشر الغيلان والسعالي. كانت متعة وصال رائعة مع عاشق التقى حبيبته بعد طول غياب، وهو غير مصدق إن كان في واقع أم في منام. ما إن وصلنا إلى ذروة نشوة الوصال حتى كان قد أفرغ بعضاً من روحه داخلي، فتشكلت أنت

في رحمي الإنسي، بتجسد يحوي خليطاً من طبائع رجولته واشتعال عواطفي الجنية المشبوبة.

للأسف، بقدر ما أمتعني والدك بوصاله، بحيث طار صوابي معه بهذيان مجنون، فقد اشتعلت بي من جديد عدائيتي الغولية العبثية، التي حاولتُ كبتها في لحظات تأجج مشاعري الإنسية. ما إن انتهيت من نشوة الوصال معه حتى عادت إليّ رغبة شديدة بامتصاص دمه، فمن يمنح مثل هذه اللذة الخارقة، لابد أن يكون دمه حاراً طيباً إلى أقصى الحدود.

ودون أن أفكر كثيراً، انقلبت فوقه بسرعة، وقد رجعت إلى تجسدي الغولي، بعينيّ المشقوقتين طولاً، وحافريّ القاسيين. أطبقت على أوردة عنقه النافرة، وأخذت أمتص منها الدماء الطازجة الشهية، مستغلة حالة الاسترخاء، التي سقط فيها بعد بلوغه ذروة النشوة. لكن والدك القاسي لا يستسلم، حتى وهو يموت. عندما عرف أنه وقع في فخ غولة، ولم يعد يجد مخرجاً للتخلص مني، وأنا مطبقة عليه فوقه، سحب خنجره من غمده، وغرزه عميقاً في ظهري، في منطقة أسفل الكتف إلى اليسار قليلاً، لا تطالها يدي. آلمني بجرح، لم يندمل طوال حياتي.

ما إن انتهيت من امتصاص دمه حتى عاد إليّ رشدي، فوجدت أنه تحول إلى جثة ناشفة يابسة. ساءني تصرفي الأرعن بسبب الغدر المتأصل فينا، نحن الغيلان والسعالي، وحزنت كثيراً لفقدانه. أصابني ألم شديد في رأسي، تحول إلى شواش مسعور، يكاد يجعله ينفجر، كلما أتذكر سوء فعلي.

تألمت كثيراً لفقدان والدك، الذي لن أجد عاشقاً مثله، بين كل الرجال المتوحدين في البراري، وندمت أشد الندم على سوء تصرفي الغدار معه، بسبب طبيعتي الجنية. بكيت طويلاً مثل إنسية عاشقة، فقدت حبيبها إلى الأبد. وحتى احتفظ بذكراه، قررت أن أشكلك في داخلي بتجسد حقيقي على صورته، وأرميك في البراري كائناً حياً، علَّ رؤيتك الدائمة تواسيني عن فقدانه.

تشكلتَ خلال أيام قصيرة في رحمي الإنسي، وقفزت على الرمال مولوداً صغيراً رائعاً، متفرداً بين كائنات البراري، إنما شديد الشبه بصورة والدك. رغم تجسدك الإنساني الجميل، فقد كنت تمتلك بغرابة ذيل ذئب، راودتني صورته في ذروة الوصال مع والدك، وأنا أتحول إلى رغبة نهش عنقه.

كنت تبكي بصخب شديد، ورثته من شراسته، ومن طباعي الجنية المتقلبة. لم أعرف ما عليَّ فعله كي أهدئك، فنحن الغيلان والسعالي لم نعتد الحمل والولادة والعناية بالأطفال الإنسيين. وهؤلاء الصغار الضاجين الذين نصادفهم أحياناً قرب المضارب، لم يكن من الممكن استهواءهم والعبث معهم، فهم لا يستطيعون النهوض والركض، كي نرقصهم ونحيّرهم، فكيف بالوصال معهم، ولم ينبت لهم بعد عضو ذكري يمتعنا. شعرت بالحيرة أمام بكائك الغريب.

أقلق صوت بكائك الضاج هدوء البراري، فحضرت الحيوانات والكائنات السحرية، كي تستطلع الحدث الغريب، وهي مستغربة ما تسمع. جاء قطيع الذئاب، الذي تآلف مع والدك بإطعامها الشقوق والدهالب. اقتربت الذئبة الأم منك، وتشممتك، فعرفت فيك رائحة والدك. تمددت جانبك، وأخذت ترضعك من ثديها، وأنا مذهولة مما

تفعل. يا للعجب، توقفتَ عن البكاء، بل واستكنت لها، وهي تسحبك إلى وكرها. وانصرفت الحيوانات والكائنات السحرية إلى حالها.

هكذا، أخذ جسدك الصغير، بذيل صغير، ينمو سريعاً مع الأيام، برعاية الذئبة الأم، محتفظاً بصورة والدك وطباعه، وبعضاً من قواي السحرية، التي انسكبت فيك، فأصبحتَ أعدى ذي ساقين، وأحَّدَ ذي بصر، في البراري. كان مظهرك وحشياً أقرب إلى الذئاب منه إلى الإنس، وغطى جسدك وبر ناعم، وطال شعر رأسك، وامتلكت أنياباً قاطعة، وأظافر حادة. إذا ما جعت، تتلفت إلى قطعان الظباء والثيران الوحشية أمامك، فتعدو على قدميك وراء أسمنها بخفة ومهارة، لتنشب فيها أنيابك، ثم تجلس لتلتهمها مباشرة.

كبرت سريعاً، واشتد عودك، وضجت حيويتك. استطال عضوك الجنسي، وتضخم، فما إن تجد نفسك منفرداً بذئبة صغيرة هيفاء حتى تلاعبها، ثم تمتطيها بشبق. لا تنزل عنها، إلا وتتركها محطمة من كثرة ما يصيبها من جنون المتعة، التي تمنحها إياها.

لكن رغم توحشك، وحليب الذئبة الأم، الذي تغذيت به طفلاً، بقي ينبض في داخلك قلب إنسي، مثل والدك. أشعر به، عندما التقيك مساء، في أسفل التلة، عند الأكمة، التي اخترت مضجعك قربها، غير بعيد عن وكر والدتك الذئبة. أتجسد لك بصورة الغولة المشقوقة العينين طولاً، وأتحدث معك طويلاً عن والدك، وعن مضارب الإنسيين البعيدة، التي نتصيد رجالها المتوحدين، كي نمتص دماءهم. أسليك أحياناً متقلبة بصور ظبية، أو ثور بري، أو أفعى، أو سنور، أو أسد، أو نسر، إنما لم أكن أستطيع العبث معك بصورة امرأة، كي أنال وصالاً جنسياً، وأستعيد ذكريات ليلتي الشبقة مع والدك. مع أنني أرغب

بذلك بشدة، إلا أنني أخاف فقدان رشدي، وتكرار خطئي القديم، فأنقلب إلى امتصاص دمك الشهي.

لكني كنت واهمة، إذ لم أتفهم بسهولة أنه لم تكن صور النسوة، اللواتي تتشكل بهن الغيلان والسعالي، تعني لك شيئاً. أنت، أساساً، لم ترَ امرأة في هذه البراري الواسعة، لتختبر الوصال مع جسدها. كنت تظن أن صور تجسدهن من قبلنا ما هو إلا نوع من الحيوانات الأليفة الناعمة، التي يؤكل لحمها بشهية كالظباء.

على العكس، فأنت الذي كنت تعبث وتتسلى برفيقاتي من الغيلان والسعالي، اللواتي كن يرغبن في امتصاص دمك، فيما لو تيسر لهن ذلك. وبما أنك اكتسبت صفتي الشر والغدر مني، فقد كنت تطلب منهن التخلي عن انخطافاتهن الضوئية، والتشكل في تجسدات حيوانية، بدعوى معرفة قدراتهن السحرية، إلا أنك سرعان ما تقيدهن فيها، ساخراً منهن. تعقد جسد الأفعى عدة عقد، تربط قوائم الثور البري أو الأسد بحبل من لحاء الشجر، تدخل ريش جناحي النسر ببعضهما البعض، لينشبكا، فلا يستطعن فكاكاً. بذلك، يفقدن القدرة على التزوبع، والعودة بالتالي إلى أصولهن الضوئية. يبكين، ويرجونك طويلاً من أجل تحريرهن، فيما تستمتع أنت بعذاباتهن طويلاً.

ومثل والدك كنت عدائياً مع الشقوق، وألحقت بها الدهالب، أصبحت مثلهم تقتل من أجل متعة القتل فقط. ما إن ترى واحداً منها، حتى ترميه بحجر كبير فترديه قتيلاً، وإذا ما أمسكت به، قصفت رقبته بعنف، فأحبك رفاقك الذئاب من كثرة ما أطعمتهم من جثثهم.

أثـرت المشـاكل مـع الجميـع، حتـى مـع الجن العمَّـار المسـالمين، فنازعتهم على بطون أوديتهم، ورؤوس جبالهم. تصيد حيواناتها، وتجني ثمارها، وتشـرب من ينابيعها، دون أن تسـتأذنهم، معتدياً على ملكيتهم لهـا. لذلـك، أخـذوا يتربصون فرصـة إيقاع الأذى بك، لكنـك تمضي دون أن تلتفـت إليهـم، متنـقلاً من مكان إلى آخر، فيمـا هم لا يجرؤون على مغادرة مقر سكناهم.

إنمـا كانـت لديـك نقطتا ضعـف، اكتسـبتهما منـي، لا يعرفهما أحد غيـري؛ حـكاك مسـعور فـي ظهرك، في مـكان لا تطاله يـدك، من طعنة والدك بي، وشواش مجنون في رأسك، من جراء سوء فعلي، يصيبانك إذا ما شعرت بالإخفاق، فتلجأ إلى حضني وتنقلب وديعاً.

أروي الآن أنا بقية الحكاية...

أتمدد كل يوم ليلاً، تحت سماء مرصعة بنجوم متلألئة. أشعر بشواش غريـب، وأنـا أسـمع صـوت رجل قربي، لا أرى سـوى يده ممـدودة نحو الأعالـي، وهو يشـير بإصبعـه: "وهذه هـي "الثريا"، كانت فتـاة جميلة، رفضـت أن تتـزوج راعياً فقيراً، هو ذاك الـذي تحول إلى نجم "الدبران"، يهـرع وراءهـا، أينمـا ذهبت. وحوله نجـوم متناثرة، هي قطيـع الأغنام، التـي أراد أن يغـوي بهـا الفتـاة مهـراً...". لا أفهم شـيئاً ممـا يقوله. لكن الصـوت يأتي بومضـات، ويختفي فجأة مثلما أتى، فـإذا بوالدتي الغولة هي من تروي "حكايتي".

أستمع إلى والدتي الغولة طويلاً، في كل يوم، تروي حكايتي. تتوقف فجأة، لتشـرد بعيداً في فيافي فضاءاتها السـحرية، ربما بحثاً عن وصال تجدد بها ذكرياتها مع والدي. لكنها ترجع دائماً خالية الوفاض، خائبة.

أنا كائن متفرد في هذه البراري الواسعة، لا أحد يشبهني، إذ إنني نتاج خليط من السحرية والوحشية والآدمية. أنا الوحيد هنا، الذي لدي والدتان؛ غولة وذئبة، وذكرى والد إنسي مجهول.

أفرغ مساء كل يوم من العبث بالغيلان والسعالي، رفيقات والدتي الغولة. يتشكلن لي بأجساد حيوانات شرسة، يحاولن بها التغلب عليَّ، من أجل امتصاص ولو بعضاً من دمي، لكنهن يفشلن، كالعادة. لا أعرف لماذا يكررن محاولاتهن معي، رغم هزائمهن المستمرة. يفعلن ذلك كل ليلة، كأنها المرة الأولى، أو يفعلنها، وكأنهن دون ذاكرة.

تقول لي والدتي: "لا أحد يستطيع أن يهزمك في هذه البراري، بسبب الشراسة التي ورثتها من والدك، والقوى السحرية التي اكتسبتها مني، والحيوية التي منحك إياها حليب الذئبة الأم".

لا أحد يهزمني، وأنا أحب الانتصار. أتمتع برؤية رفيقات والدتي مقيدات، في تجسداتهن الحيوانية، يتعذبن، دون أن يستطعن الفكاك إلا بإرادتي. أتسلى ببث الرعب في قلوبهن، وأنا أهددهن بتناولهن وجبة شهية مع رفاقي الذئاب.

تقول لي والدتي، عندما تراهن مقيدات فترة طويلة من الزمن: "ألم تضجر من التسلية بهن، اتركهن لحالهن، كي يمضين للبحث عن رجال متوحدين في هذه البراري".

أسألها: "لماذا يبحثن باستمرار عن رجال متوحدين في البراري؟".

تجيبني، مستغربة من سؤالي: "من أجل استفحالهم، ومن ثم امتصاص دمهم".

"اسـتفحال وامتصـاص دمـاء فقـط، يـا والدتـي! لكـن ألا يفعلـن شيئاً آخر؟".

يـزداد الاسـتغراب لـدى والدتـي، تقـول: "لا، نحـن هكـذا نعيـش، لهذا أتينا من انكسار الليالي إلى الحكاية".

"ولماذا يتشكلن فقط في صورة امرأة فقط؟".

تضيـق والدتـي بأسـئلتي الإنسـية، فتتهـرب قائلـة: "مـن الصعـب أن تتفهـم طبيعتنـا الجنيـة. اذهـب، وعـش شبقك الآن مـع ذئباتك الصغيـرات الهيفـاوات".

"أريد أن أختبر جسد امرأة حقيقية".

تُذهل والدتـي من رغبتـي. أعرف أن هذا ما لا تريده. لا أدري، لماذا تخاف فقداني، إذا ما عرفت امرأة حقيقية. وأنا أصر على ذلك. أريد أن أعرف، لماذا أنا متفرد بين كل هذه الكائنات الغريبة حولي في البراري، وكيف تتصرف معي امرأة حقيقية، إذا ما صادفتها.

أتسلل ذات مساء وراء صديقة والدتي السعلاة، التي تمضي كعادتها بعيـداً فـي جـوف الليـل، نحو أطـراف الفلاة. أتتبع قفزاتهـا، متخفيـاً وراء الأكمات. أراها تقف عند أحد الدروب، تشعل ناراً سـحرية وهمية، كي تجـذب فريسـتها مـن بعيـد، فيمـا أكمـن أنا فـي قلـب أجمـة، متخفيـاً بين حشائشها الطويلة، أراقب.

لا يطول الوقت حتى تلتقط النيران كائناً منتصباً، يسير على قدمين، يهتـدي بهـا، ظنـاً منـه أنهـا مضارب قـوم. مـا إن أتبينه مـن مكمني حتى أجده شبيهاً بي، إنما دون شعر غزير يغطي جسده ورأسه، إنما (حذف)

ودون ذيل واضح، إذ يضع على جسده غطاءً غريباً. بدا لي في شكله هذا لطيفاً، بعكس وحوش البراري حولي. إذاً، هذا هو الرجل من معشر الكائنات الإنسية الغريبة، التي ينتمي إليها والدي، وتحاول الغيلان والسعالي امتصاص دمهم.

ما إن يصل الرجل قرب النار حتى تتحول السعلاة إلى صورة كائن ناعم جميل. تنتصب على قدميها أيضاً، بثديين مغريين ممتلئين، وشعر ناعم طويل، ينزل من رأسها، وينسدل على كتفيها؛ كائن أجمل بكثير حتى من الظباء التي أصطادها وألتهمها. إذاً، هذه هي المرأة، التي تحدثني والدتي عنها، في حكايات تشكلاتها الإنسية.

تمسك المرأة الجميلة بيد الرجل اللطيف، وتُرَّقِصه، وهي تشدو له بصوت عذب ساحر، بينما يسايرها هو كالمخبول. ثم يرتميا معاً على الأرض، وينكحها وجهاً لوجه، بطريقة لا أستطيع ممارستها مع ذئباتي. تصرخ المرأة متأوهة من المتعة بصوت عذب، ليس فيه عواء أو نخير. يتناغم معها الرجل بكل كيانه، فتنتابني بالدهشة مما أسمع وأرى.

وفجأة، يتغير المشهد الساحر الجميل، ويتحول إلى جنون وحشي، إذ تعلو المرأة الرجل، وتعود سعلاة قبيحة. وتأخذ بامتصاص دمائه بنهم شبق، فيما هو مسترخ، لا يبدي أي مقاومة، إلى أن تركته جثة هامدة.

أشعر بالاشمئزاز من فعل السعلاة المليء بالقباحة، والشناعة، والنذالة، والغدر. أفكر أنه كان عليها ترك الرجل يعيش، مادام قد منحها هذه المتعة العميقة، كي تكررها معه المرة تلو الأخرى، وتستعيض

عـن دمه بدم حيوانات أخرى. كم هي سـيئة مقارنـة بذئباتي الرائعات. صحيح أنهن يعوين بقباحة أثناء الوصال، لكن ما إن ننتهي حتى يلحسن جسدي بألسنتهن شاكرات، ثم يمضين في حال سبيلهن.

عندمـا ألتقـي والدتـي الغولـة، فـي المسـاء، أروي لها ما شـاهدت، مستنكراً فعل السعلاة. تصرخ بي بحدة: "إياك أن تذهب ثانية إلى تلك البقـاع، هنـاك تنتشـر مضارب الناس الشـريرين، فقد تخرج منها امرأة جميلة، تسحرك وتمتص دمك، دون أن تستطيع مقاومتها".

... لكنني أذهب.

أتردد على البقاع، التي تنتشر حولها مضارب القوم الشريرين، ليس رغبـة برؤيـة سـحر الغيلان والسـعالي لفرائسـهن، وقد أصبحت أشمئز مـن أفعالهـن القبيحـة مـع الرجـال المتوحديـن، إنما راغبـاً بمشاهدة امرأة حقيقية، وإن خفية، كي لا تسـحرني وتمتص دمائي، كما أخبرتني والدتي الغولة.

ذات ليلـة مقمـرة، وسـحر الصمت يخيم على المـكان، أتمدد وراء أكمة، تخفينـي عن الدروب والعيون، وأترقب حولي مسـتطلعاً. أسـمع صوتـاً غريبـاً متقطعـاً، يعـول، صـادراً من بعيد، يكسـر الصمـت الممتد فـي البرية. أصغي بأناة حتى أتعرف عليه. أسـتغرب، هذا ليس صوت ذئبـة تعـوي، ولا غولـة أو سـعلاة تتأوه تحت رجـل، إنما فيه خليط مـن مـواء وبـكاء، ينبعثـان من ألم ينـال صاحبه. أتسـلل بحذر شـديد نحو مصدر الصوت، خوفـاً من سـحر مفاجئ يصيبني به أحد الكائنات الغـادرة، التـي قـد تنبثـق ليلاً. وبمقـدار ما اقتـرب منه، تـزداد حدته، حتى انكشـف لي المشهد.

يفضح ضوء القمر كل شيء. أشاهد ثلاثة خيـول، شـبيهة بتلك الحيوانات، التي تتحول إليها الكائنات السحرية، إذا ما رغبت العدو سـريعاً، لكنها تقف الآن هادئـة، تحمحم من وقت إلى آخر. ينتصب قربها خباء، من تلك التي حذرتني والدتي بعدم الاقتراب منها، لأنها تـؤوي الناس الشـريرين، وبخاصة النسـوة الحقيقيـات منهن، اللواتي يسـحرن ويمتصصـن الدمـاء. غير بعيـد على الرمـال، أتبيـن أطياف ثلاثة رجـال، اثنـان ينتصبـان علـى أقدامهمـا، وبقربهمـا ثالـث، ينكح امرأة وجهاً لوجه. أتساءل، كيف تستطيع هـذه الغولة، الأقوى من السـعلاة، إحضـار ثلاث فرائس معاً، دون أن توقد نـاراً، ولماذا تفعل ذلـك معهم مجتمعيـن، وأنا أعرف أن مثل هذه الكائنات السـحرية لا تصطاد إلا المتوحدون.

أتأمـل المشـهد بهـدوء، فأسـتغرب أن المرأة لا تتأوه بمتعة تحت رجلها، كما كانت تفعل السـعلاة، في تلك الليلة. بالعكس، فصوت مواء وبكاء يصدر عنها. بل من الواضح أنها تتألم بشـدة من وحشـية الرجل، وهي تحاول أن تدفعه بيديها وقدميها باستماتة. بدا شعرها منفوشاً، فيما دم يسيل من طرف فمها، إذ إنه يلطمها من وقت إلى آخر.

أذهل مما أرى، إذ لم تخبرني والدتي بأي حكاية عنيفة، شبيهة بما يحدث أمامي.

لكـن المشـهد الحزيـن لا ينتهـي، فقـد نهـض الرجل الوحشـي عن المـرأة واقفـاً علـى قدميـه، دون أن تنقلب هـي فوقـه، وتمتص دمه. يتمـدد الآن الرجـل الثانـي فوقها، ومـن جديـد تحاول دفعـه عنها باستماتة، فيلطمها هـو الآخر بقـوة، ويمتطيها بوحشـية، فيما عادت تصرخ من الألم. ثم يعيد الثالث فعل الاثنين حتى بدا أن المرأة تكاد

تفارق الحياة. ما إن ينتهي الثلاثة من فعلهم حتى يمسك أحدهم سيفاً شبيهاً بسيف والدي، الذي تحدثني عنه والدتي، ويهم بطعن المرأة، كي يقتلها.

أشعر أن الأمور، منذ بداية المشهد، تجري بشكل غير طبيعي. لكن ارتفاع السيف يجعلني أتحسس خطراً حقيقياً يتهدد المرأة، إذ يبدو أنهم يريدون التهامها، بعد أن نالوا متعتهم منها، وهم بذلك أسوأ من الغيلان والسعالي بفعلهم. أتخيل المرأة المسكينة ذئبة صغيرة، تستنجد بي من الناس الشريرين، الذين أخبرتني والدتي أنهم يقيمون في المضارب. تتأجج النيران في خيام، لا أدري من أين نهضت، ويعلو منها الدخان، يشتد عويل وبكاء، يملأ الهواء حولي، وأرى أجساداً مثخنة بالجراح، مطروحة أرضاً. كأن منام والدي، الذي خُطفت محبوبته فيه، يشتعل أمامي، تماماً كما حدثتني به والدتي، وسيف الرجل الشرير مرفوع في الهواء، يهم بضرب المرأة الذئبة المسكينة.

أنهض من مكمني، وأنا أزأر بصوت مريع، وأهجم على الأشرار الثلاثة، الذين يريدون التهام المرأة الذئبة. يتفاجؤون بوجودي وهجومي عليهم، وقد ظنوا بمظهري أنني وحش ضار من البرية. وكنت سريعاً جداً، إذ أضرب الرجل، الذي كان يهم بطعن المرأة، بحجر كبير، يهشم رأسه، ويرديه قتيلاً. يركض الرجلان الآخران نحو سيفيهما، إلا أنني أقفز على أحدهما، وانشب أنيابي الحادة في رقبته، لا أفلته إلا ويسقط مختلجاً على الأرض، وتهمد حركته. أما الأخير، فيقف في مواجهتي، حاملاً سيفه، وقد ارتسم الرعب على وجهه من زئيري، فأنتزعه منه بسهولة. مع أني لا أعرف استخدام السيف، إلا أنني رفعته، وضربت به العنق، حيث تمتص الكائنات السحرية

الدمـاء، فـإذا بالـرأس يطيـر عـن الجسـد بعيـداً. أرمـي السـيف خائفـاً مـن السـحر الـذي يحملـه، إذ لـم أرَ فـي حياتـي شـيئاً شـبيهاً، يفصـل الـرؤوس عن الأجسـاد بهذه السـهولة.

أنظـر إلـى المـرأة الذئبـة الصغيـرة المرميـة أرضـاً، وقـد ارتسـم علـى وجههـا رعـب حيوانـات البـراري الضعيفـة أمـام مفترسـيها. اقتـرب منهـا بهـدوء، فتـزداد رعبـاً، وتشـتد اختلاجاتهـا وارتعاشـاتها، ويختنـق صوتهـا، وتزيغ نظراتها.

لـم أشـاهد فـي حياتـي حيوانـاً بهـذه الحالـة المزريـة مـن الرعـب والاستكانة. يتفجـر فـي داخلـي إحسـاس عجيب بالشـفقة والرقـة، وأنا وحـش البـراري، الـذي لا يعـرف الرحمـة. أركـع قربهـا، أمـد يـدي بلطف، كـي أمسـح الـدم عـن وجههـا. لكنـي أبقـى حـذراً، تاركـاً مسـافة بينـي وبينهـا، كـي لا تسحرني، وتنقض عليَّ لتمتص دمي.

يـا لحكايـات والدتـي الماكـرة، كيـف يمكـن لهـذه المـرأة الذئبـة المسـكينة أن تنهـض إلـى رقبتـي، وهـي بهـذا الضعـف، بـل وهـي بهـذه الرقة والجمال.

ترتعـش المرأة خائفـة، محاولـة الابتعـاد عني، لكن يـدي تمسـها بلطف في جبينها، فتهدأ قليلاً.

أذهـل ممـا تفعـل يـدي، التـي أصبحـت لأول مـرة فـي حياتـي رقيقـة ناعمـة، تنتقـل بحنـان علـى وجنتـيّ المـرأة، التـي يبـدو أنهـا تشـعر ببعـض الاطمئنان، فتهدأ بالكامل.

تلتفـت المـرأة إلـى الرجـال الثلاثـة، تتأكـد مـن موتهـم وزوال خطرهـم، فترمينـي بنظـرة عميقـة، مليئـة بالامتنـان. مـا إن تلتقـي

نظراتي بنظراتها حتى يرتعش قلبي، بطريقة لم أختبرها من قبل. كأني وقعت تحت سحر عجيب أسرني، فأشعل الدم في عروقي. تمسك يدي، ترفعها إلى فمها، وتقبلها بشفتيها، دون أن تمتص منها دماً، وتقبلها ثانية، وهي تتشممها بود، ثم تضعها على صدرها، الذي أشعر به متهدجاً، ويخفق بشدة. يرتسم طيف ابتسامة على فمها، ما تلبث أن تتسع، فيظهر صفان من الأسنان الناعمة الجميلة، التي لا تصلح إلا لقطع الحشائش.

يشلني سحر المرأة بنظراتها وابتسامتها، فلا أدري كيف انزلقتُ قربها، فتدفع نفسها بين ذراعيّ، تبغي الحماية والأمان. أضمها إلى صدري بهدوء ونعومة، فترخي رأسها. لا يمضي وقت قصير إلا وتغفو بعمق، وأنا مذهول مما يحدث معي. لم أجرؤ على النوم، فقد تنقلب من كائن لطيف إلى شرير، يمتص دمي. لكن لم يحدث شيء من هذا، فقد استمرت في النوم عميقاً، بعد الرعب والشقاء، اللذين نالتهما من الرجال الثلاثة.

يصبح ضوء القمر حولي ساحراً، ويعم البرية صمت آسر، لم أعد أشعر سوى بانتظام أنفاس المرأة الجميلة بين ذراعي. وأذهب أنا في غفوة عميقة، لم أنل مثلها في حياتي، حتى في حضن والدتي الذئبة، عندما كنت صغيراً، متناسياً جميع نصائح والدتي الغولة الماكرة، عن نساء المضارب الشريرات.

...عندما استيقظ صباحاً، أرى المرأة جميلة، وجميلة جداً.

لا تسمح لي المرأة الجميلة بالتهام الرجال الثلاثة المقتولين، تأمرني برمي جثثهم بعيداً، وتشير إلى ظبيّ يرعى أمامنا، كي أصطاده.

أركض نحوه بسرعة، دون أن أدري لماذا أضعف أمام سحر نظراتها وألق ابتسامتها، وأنفذ ما تطلبه دون تردد. أصطاد الظبي وأحضره لها، وأهم بتمزيقه بأنيابي وأظافري، من أجل أن نلتهمه معاً، إلا أنها تدفعني عنه بصرامة، وبوجه عبوس. أبتعد مستنكراً، وأنا أهمهم.

تُحضر المرأة الجميلة سكيناً من الخيمة، تسلخ بها جلد الظبي، وتقطّع لحمه. ثم تضرب حجرين صلدين ببعضهما البعض، فيقدحان شرراً، ويشعلان ناراً في كومة من الحطب. يداهمني شعور بأنها قد تخفي طبيعة جنية تحت مظهرها المسكين، إلا أنني سرعان ما تخليت عن هذه الفكرة، وأنا أراها تلقي قطع اللحم على جمر النيران، بعد أن رشتها بملح، جاءت به من الخيمة. وآكل لأول مرة في حياتي لحماً مشوياً.

تقول لي: "الآن، لم تعد حيواناً متوحشاً، أصبحت إنساناً".

من وقتها، لم أعد أستطيع أكل اللحم إلا مشوياً على النار، ومع الملح.

تُحضر المرأة الجميلة من الخيمة مقصاً، تُعمله في شعر رأسي وجسدي، بحيث اجتمعت حولي كومة من الشعر المقصوص، وتقلّم أظافر يديّ وقدميّ. ثم تأخذني إلى نبع ماء صافٍ، وتجعلني أغطس به عشر مرات، وهي تفركني بحجر خشن حتى احمرّ جلدي، وأصبح ناعماً. لكنها، لسبب ما، تجاهلت ذيلي، ولم تلمسه، كأنها لا تراه.

تتشممني بشهوة، وتقول: "الآن، لم تعد إنساناً متوحداً في البرية، أصبحت رجلاً من العمران".

من وقتها أنظر إلى نفسي في مرآة، أحضرتها المرأة الجميلة من الخيمة، فلا أعرف انعكاس صورتي فيها. كأن رجلاً آخر فيها، إلا أنه يبتسم لي باستمرار.

تطيبني المرأة بعطر ومسك، أستلقي معها على فراش ناعم، مدّته أمام الخيمة، تحت ضوء القمر الساحر. تقبل فمي وعينيّ وصدري، تتشممني بنشوة، مغمضة عينيها. تداعب جسدي طويلاً، فأشتعل شهوة، لم أختبرها في حياتي. ثم تجعلني أنام معها بأوضاع وصال عجيبة، لا أملّ منها، فتمنحني في كل مرة متعة جديدة آسرة.

تقول لي: "الآن، لم تعد رجلاً جلفاً قاسياً، بل عاشقاً لطيفاً، تسهر الليالي من أجلي".

من وقتها، لا أستطيع النوم إلا بين ذراعيها، وقد ازداد قلبي تعلقاً بها.

تخيط لي المرأة الجميلة لباساً متيناً، يخفي ذيلي بالكامل. تعلمني استعمال السيف، ورمي النبال، وإشعال النار، وتُركبني خيلاً، تعدو بسرعة.

تقول لي: "الآن، لم تعد عاشقاً لطيفاً فقط، وإنما فارساً مغواراً أيضاً. أصبحت رجلي، الذي سيغزو المضارب، وينتقم لي".

من وقتها، أصبحت أتسلل إلى المضارب، أقتل وأسطو، أسرق القوافل المنفردة، إنما لا أسبي نساء. المرأة الجميلة ملأت حياتي عشقاً، لا حاجة بي لغيرها.

تجعلني المرأة أسهر كل ليلة معها، حول نارٍ موقدة أمام الخيمة. أتمدد ورأسي على فخذها، فيما هي تقص لي حكايات ممتعة عن أناس المضارب، الذين يغزون ويقتلون ويسبون النساء نهاراً، لكنهم يعشقون ويتسامرون وينشدون أشعاراً عذبة ليلاً.

تقول لي: "الآن، أنت رجل يحب اللقاء والمسامرة والاجتماع، وتكره التوحد والانفراد".

من وقتها، لم تعد تعترض دروبي غيلان وسعال، أعبث بهن بدلاً من العبث بي، ولا شقوق ودهالب، أتسلى بقتلها، ولا جن عُمّار، أنازعهم على بطون أوديتهم ورؤوس جبالهم.

ومن وقتها اعتزلتني الذئاب، لم تعد تتعرف عليَّ، أصبحت غريباً عنها، بل أصبحت آنف امتطاء ذئبة صغيرة حتى لو كانت هيفاء... فارقتني الحكايات القديمة.

لا تفارقني الشراسة، التي ورثتها من والدي، ولا طبيعة الغدر، التي اكتسبتها من والدتي الغولة، ولا الوحشية، التي تشربتها مع حليب الذئبة الأم. لكن سحر نظرات المرأة الجميلة، وابتسامتها الآسرة، تجعل مني رجلاً وديعاً مسالماً في حضنها. إذا ما غضبت لسبب ما، وانتابني الحكاك المسعور في ظهري، والشواش المجنون في رأسي، لا أجد ملجأ إلا في صدرها، فأهدأ وأستكين.

جعلت مني المرأة الجميلة رجلاً حقيقياً، رجل عمران واجتماع، يشده الأنس، ينفر من التوحد والتوحش، وعاشقاً لطيفاً، يصيبه السهاد ليلاً، إذا ما غابت عنه محبوبته، وفارساً مغواراً، لا يكلُّ من العراك. إلا أنها تحرض دائماً جذوة الشر المتأصل بي، تفجره، وهي تدفعني للانتقام من

قبيلة الرجال الثلاثة، الذين سبوها واغتصبوها، واغتصبوا من قبلها نساء قبيلتها. أقتل وأقتل أكثر، أحرق أي مضارب أو منازل منعزلة، تصادفني، إذا ما استطعت في غفلة من رجالها. في المساء، أعود إلى المرأة الجميلة، فتغذيني بالحقد والضغينة طوال الليل، استعداداً لليوم التالي.

لكن رجال المضارب والعمران كانوا كثراً، وفيهم أقوياء أشداء، يتقنون القتال بالسيوف، ورمي النبال من بعيد. أكر عليهم إن كانوا فرادى، فأنتصر، وأفر أمامهم، إذا تكاثروا جماعات، بحيث أصبحت أعود إلى المرأة الجميلة، في معظم الأحيان، مثخناً بالجراح.

قالت لي المرأة الجميلة: "لن تنتصر وتصبح مرهوب الجانب إلا إذا امتلكت عصبة، تُرعب القلوب، تتقوى بها، وتقودها في معاركك مظفراً".

أجيبها يائساً: "أستطيع جمع عصبة من قطاع الطرق والصعاليك، إنما غريزة الذئاب علمتني ألا أثق بأحد من الناس".

تسألني مستنكرة: "بجميع الناس!؟ حتى بي؟".

أجيبها مبتسماً: "باستثنائك، فوراء رقتك وسحرك تخفين طباع ذئبة، آمن لها، لا بل أنت ذئبة حقيقية. طبيعتي تدفعني لأثق بالوحش، لا بالإنسان".

"امضِ إذاً إلى فلواتك الشاسعة، حيث ولدت وعشت طويلاً، واستعن بوحوشك الضواري لتشكيل عصبة تتبعك".

"الوحوش لا تتبع إلا غريزتها، لا تسعى ورائي إلا لتأخذ حصتها من الشقوق والدهالب، ثم تمضي في حال سبيلها".

"وكائناتك الجنيـة، الكليـة القدرة في التشـكلات والتحولات، التي ما تنفك تحدثني عنهـا، أين هـي؟ أم إنها أوهـام، لا تصـدر إلا عن عقول رجال ممسوسـين، يتحلقون حول مواقد الحكايات في الأمسيات! لماذا لا أرى والدتك الغولة، في هذه الليالي، التي أقضيها معك؟".

تسـتفزني المـرأة الجميلة باستمرار، تدفع بـي من تحدٍ إلى آخر. أصرخ بها: "والدتي الغولة موجودة، هي التي جعلتني أستمر في الحياة، عندما كنت متوحداً في القفار الشاسعة".

"لماذا لم تعد تظهر لك، منذ أن عرفتك أنا... إلا إذا كانت وهماً؟".

"لأنك تخيفينها. أنت حقيقية تصرعين بعشقك أشد الرجال. يتوهون فـي مجاهـل جسـدك السـرية، تحـت تأثير سـحر نظراتك وابتسامتك، فينسـون حكايـات المواقد، ومشـاركتهم بأحداثها. هي ابنـة الحكايات، تتجلى وتتخفى، باشتعال أشواق الرجال".

"رغـم ذلـك، امضِ إليهـا، علهـا تنجدك بحل سـحري، لتشـكيل عصبـة من كائنات شـريرة متوحشـة، يأتمرون بنزواتـك، وتغزو بهم المضـارب والعمران".

أرحل متوحداً في الفلوات الشاسعة، بحثاً عن والدتي الغولة. لا أجد لها أثراً، كأنها عبرت البقاع إلى اللامكان. تعترض دربي الغيلان والسعالي، اللواتي لم يعدن يتعرفن عليَّ بمظهري الإنساني الجديد. يتشكلن بصور نساء قبيحات، سرعان ما تنمحي أمام طيف المرأة الجميلة، التي تركت قلبي لديها في الخيمة. يحاولن إخافتي بتشـكلات حيوانات مفترسـة ضاريـة، فأقيدهـن بها، كما كنت أفعل قديماً. تتجلى، عندئـذٍ، والدتي الغولة، وتقول لي بحسـرة: "أسـير وراءك، منذ أن دخلتَ هذه الفلوات،

وأنا أتساءل من هذا المتوحش الشرس، الذي لا يمكن إغواؤه. إلا أنني عرفتك أخيراً، عندما قيدت رفيقاتي بتشكلاتهن الحيوانية. لا أحد كان يفعلها، إلا أنت، ابني العاق، الذي هجرني من أجل إنسية أنانية شريرة، تمتص روحك بدلاً من دمك. لماذا رجعت إلى هنا؟".

"لماذا تتحدثين معي كغريب؟ هل نسيتني؟".

"أنت الذي نسيت الحكاية وخيالاتها الجميلة، بعد أن غادرت البراري، وغرقت في ملذات العمران".

"لا، لم أنسَ. ولدت أنا في الشر الطاغي في هذه البراري، هو متأصل بي، سأبقى جزءاً منه".

"ماذا تريد الآن؟".

"عصبة كائنات سحرية متشيطنة، وحشية، تعينني على الغزو وسفك الدماء".

تضحك الغولة ساخرة، تقول: "غيرتك طبائع العمران، ونسيت طبائع الجان. الغيلان والسعالي لا تفقه القتال، لا ترغب إلا باللهو والعبث، والشقوق والدهالب لا تقصر عن قتلك، إذا ما استطاعت، بعد ما فعلته برهطها. اذهب إلى غيرنا من الكائنات السحرية المتشيطنة، علك تجد مرادك ومبتغاك".

"لا أعرف منها سواكم. ساعديني إكراماً لذكرى والدي، الذي أنقذك من البئر، في ذات زمان".

"ليس لك أن تمضي إلا إلى بلاد الظلام الدامس، الممتد بلا نهاية. هناك، لا ارتعاشة، أو خفقان، أو هسيس ألق، منذ انبثاق الوجود في

غابر الزمان. هناك، تمتد سراديب الخوف والتيهان، حيث جيء بالمردة العصاة، الذين أثاروا الفوضى في جزائر أعالي البحار، وحبسوا في قماقم، أبد الدهر. تُخلص أحدهم من سجن قمقمه، مقابل أن يحقق لك أمنية، تعينك على إكمال حكايتك".

"سترافقينني، وتساعدينني بقواك السحرية، كي أجتاز التخوم بين الضياء والظلمة. أليس كذلك؟".

"لا أستطيع. تلتقطني هناك خفايا الأسرار، إذا ما عبرت حدود الخيالات القصوى، فتمتص انخطافاتي الضوئية بمتاهات الظلام".

"لكنها ستفعل بي ذلك أيضاً".

"لا، ستصاب الأسرار بالحيرة والاضطراب أمامك، فأنت مزدوج الطبيعة، تتقافز في أطياف المبهم، بين الإنسية والسحرية، في قلبك ضياء وظلام. تخاف الأسرار أن تتوه، إذا ما اصطدمت بك، فتفككها، وتتلهى بها في الحكايات. خذ هذا العقد السحري من أحجار متألقة، جُمعت من شطآن البحار الزرقاء. حصلت عليه، عندما كنت أتشكل في حكايات بحار وشطآن بصورة عروس بحر، نصف امرأة علوي ونصف سمكة سفلي. خبأته لك ليوم يحفظك من غدر الزمان. احمله، وسيضيئ لك متاهات السرداب، وأنت تمضي في جوف الظلام".

"هل سأراك بعد تحقيق أمنيتي؟".

"لا، انتهت حكايتي هنا، وسأختفي من الزمان والمكان. وأنت، إذا نجحت، ستعبر إلى حكايات جديدة، في أزمان أخرى، لا مكان للجنيات فيها؛ إلى حكايات خراب ودماء، فأنا أعرف طبيعتك وجنونك وهذياناتك".

"لكني سأحتفظ بعقد البحار الزرقاء، على مر الأزمان، وأعلقه في رقبتي، كي يذكرني بك، ذات حكاية، ذات منام".

أفتح القمقم، في ضياء الشمس، قرب شاطئ بحر. يفور منه دخان أسود كثيف، يبلغ عنان السماء. يتشكل مارد، لم أرَ مثله، لا في الخيال ولا الأحلام. أقعي عند قدمه بحجم إصبع فيها، ورأسه في الأعالي، يتجاوز الغيوم، يبددها بيديه كندف القطن ليراني في الأسفل. يصرخ بصوت، ترتج له الأراضي والبحار، كأن بنيانها سينهار: "شبيك لبيك، عبدك بين يديك، دعني أحقق أمنية لك بسرعة حتى أرجع إلى جزائر البحار حراً. إذا فشلت ستكون عاقبتي وخيمة، وسأحبس في القمقم من جديد، أبد الدهر".

أقول بجرأة، غير هياب من مظهره العملاق: "أريد أن تنفذ لي أمنية واحدة فقط، ستحررك من سجنك إلى الأبد".

يستغرب المارد جرأتي وثقتي، فيهاب طلبي سلفاً: "أخفتني من مرادك، قله بسرعة، قبل أن أفضل العودة إلى القمقم، بعيداً عن صعوبة الاختبار".

"أرغب بعصبة كائنات وحشية، لم يعرف بها زمان. تأتمر برغباتي الشريرة، من أجل دمار العمران، والانتشاء بسفك الدماء".

"يا لأمنيات هذه الأيام، هذا طلب لم يخطر في ذهن إنس أو جان، على مر الزمان والحكايات. يبدو أن الشر متأصل في قلبك منذ ولادتك. مع أن طلبك عجيب غريب، إلا أنه ما باليد حيلة. اصعد إلى ظهري، وتعلق بجديلة شعري، لأطير بك إلى "بلاد الهذيانات". سأتوسط لك مع "سيد أكوان الشر"، علك تجد هناك ما يرضيك، وتنال مرادك، فتمنحني حريتي".

"وهل يوجد سيد أكوان الشر، وآخر هو سيد أكوان الخير؟".

يضحك المارد مجلجلاً: "يا لسـذاجتك، هو سـيد واحد، يحتمل أوجه الخير والشر، حسب ما ينظر إليه البشر، وما يرغبونه منه".

هنـاك، فـي الأقاصي، أبعد مما وراء الأفاق والأحلام والخيالات، على بعد مسـيرة حيوات في جوف ظلام، تترامى باتسـاع، دون انتهاء، "بلاد الهذيانـات". حملنـي إليها المارد في انخطاف ضوئي، عبَر فيه انكسـار زمـن، ورمانـي على التخوم، لا يجرؤ على التقدم أكثر، رعباً مما يتواجد وراءهـا. تركني أغامر لوحدي باجتيازها، بعد أن أوصى بي "سـيد أكوان الشـر"، الذي منحنـي هالة تمائـم سـحرية، تحمينـي مما سـأرى من تقلبات الجنون.

لا ليل ولا نهـار، لا شـمس ولا قمـر، إنما أشجار عملاقـة، تخفـي السـماء، وتنشـر ظلال الرهبـة على الشـر المتأصل في المكان. هنا، تنبثق باسـتمرار حيـاة غرائبية، تنشـط فـي غفلـة من أحكام المكان والزمـان؛ خلائـط مـن الفوضى والعشـوائية والشـذوذ والتيـه، لم يأتِ علـى ذكرهـا خيـال أو اسـتيهام. تعيـش كائناتها العجيبة على التخوم الهلاميـة، الفاصلـة بيـن الوهم والواقع، في متواليات هلوسـات، دون ضابـط. لا هـي خياليـة ولا هي حقيقيـة، إنما تتجلى وتتخفى بتركيبات الممكـن واللاممكـن، المعقـول واللامعقـول، باحتمـالات لانهائيـة. جاءت مـن أمزجـة مختلفـة، تعـود بأصولها إلى المـاء والهواء والنار والتـراب، معجونـة بالبـروق والرعـود، وقد اجتمعت بمقادير مختلفة عـن أحكامنـا، بنزوات تلاعبات الوجود والعدم. ومنها تشـكلت ضروب

خلائط، لا هي بالإنسان ولا بالحيوان، إنما بعض من هذا، وبعض من ذاك، في دهشات فجائية من اللامعقول.

الكائنات هنا غريبة عجيبة، لم ترَ مثلها عين، ولا سمعت بها أذن؛ منها بأبدان أناس كاملة، يغطي جلودها ريش كثيف، برقاب حيات طويلة، تعلوها رؤوس وحشية؛ ومنها بأبدان حيوانات، منتصبة كالإنسان، قصيرة القامة، لها أنياب سباع قاطعة، ومخالب نسور حادة؛ ومنها ما يمتلك الواحد فيها أربعة وجوه، على مدار الرأس، يملأ كل منها فم عريض، وعين واحدة واسعة، برزت منه أنياب حادة؛ ومنها برؤوس الناس، برزت من قواقع سلاحف ضخمة، مع أيد ذات مخالب حادة، وأذناب حيات؛ ومنها لا رأس لأبدانها، إنما عيونها وأفواهها في صدورها؛ ومنها من هوام الأرض وخشاشها، بأحجام عظيمة الهامات، عقارب، وعناكب، وخنافس، وعظاءات، وسحالٍ؛ منها مثل الناس كأحسن ما يكون، إنما لا عظام في أجسامهم، لا أقدام ولا أيد، إنما أذناب طويلة، تسعى في الأرض زحفاً كالحيات؛ منها خفاف، هلامية الأجساد، بوجوه بشرية، لا يمكن الإمساك بها، فهي فراغ.

بعض هذه الكائنات ينام على رؤوس الأشجار، أو يختار مضجعاً على سطح ماء راكد، أو يغمر نفسه في تراب حفر، تاركاً رؤوسه متطاولة في الهواء، وللغرابة بعضها لا ينام أبداً.

يسيل من جميع أشداق هذه الكائنات لعاب الموت، تفترس بعضها بعضاً، دون توقف أو رحمة، دون أن توفر أمواتها. أحياناً، يفترس اثنان بعضهما البعض، بجنون خارج المعقول. ورغم عمليات الافتراس المتبادلة، بشراسة، فإن هذه الكائنات لا تفنى، فدائماً منها المزيد من توالدات نساء شجريات.

تنهض في جذوع الأشجار تجسدات نساء مجسمة، بعيون وحشية واسعة، تصدر من رؤوسها الأغصان. لهن أثداء ضخمة، وفروج تقطر سوائل زلقة باستمرار، تضيع سيقانها في الجذور. يصدرن أصواتاً عذبة؛ خليطاً من التأوهات والنداءات السرية، تدعو الكائنات حولها للوصال. تتلاقح معها، لتتوالد منها سلالات تالية، من بينها أنواع جديدة مغايرة، حسب نزوات مبهمة للاحتمالات.

وتحت الأشجار الباسقة، تنمو نباتات بجذور عميقة، تمتص الرطوبة والحياة من باطن الأرض. فتتفتح عن أبدان أناس كاملة، إنما برؤوس زهيرات، تستطيل منها خراطيم. ما إن يشتد عودها حتى تنفصل عن سوقها، وتتراكض متقافزة بين أقدام الكائنات الأخرى، وتشارك في احتفالات ولائم الفرائس، بامتصاص دماء من تستطيع إليه سبيلاً.

كلما تقدمتُ في هذه الأصقاع، غير هياب، بتميمة سيد المكان، تكشفت لي كائنات هلوسات جديدة.

... إلى تخوم هذه البقاع العجيبة، أحضرني المارد، ليحقق لي أمنيتي صعبة المنال، ونجا من قمقمه ومن طلباتي اللامعقولة.

هنا، يسود سلطان "سيد أكوان الشر"، صانع الأفكار المجنونة، المنبثقة في ضروب من الصور الغرائبية الشريرة. يُعجَب بجرأتي في طلباتي، وبتركيبتي الإنسية والغولية والحيوانية، وبرغبات الشر المتأصلة بي، فيقرر مقابلتي وجهاً لوجه.

يسحرني ببهائه المُرعب؛ كتلة ضخمة نارية ملتهبة، تطال العلا وتسد الأفق، بعشرات الرؤوس، المركبة من خلائط آدمية ونباتية

وحيوانية، تنبثق من أعناق، تضيع أصولها في تأجج النيران، ومئات الأيادي أفاع سوداء ضخمة، لا تهدأ عن الغليان، وأذناب عقارب ضخمة تشكل مظلات للرؤوس، وأقدام براغيث عملاقة، لا تتوقف عن التراقص والقفز.

هنا، أختار بنفسي عصبتي، من مسوخ الكائنات الوحشية الشيطانية؛ من كل مجموعة النخبة الأبرز تشوهاً في منظرها، والأشد سوءاً في فعلها، والأكثر شراً في طبائعها، يباركها لي "سيد أكوان الشر" مسروراً من فعلي. أشعر أنا أخيراً بالرضى، فقد أصبحت لديّ عصبة كائنات شريرة، تأتمر بأوامري، ولا تعترض على تنفيذ أي من نزواتي العبثية، مهما كانت، وستزرع الهلع والموت والدمار أينما نحل.

أمضي إلى المضارب والعمران، مجللاً بمباركة "سيد أكوان الشر"، بجيش وحشي يكتسح البلدان، لا يترك فيها مدناً، ولا بلدات، ولا قرى، ولا تجمعات متناثرة من الخيام، يحرق الأخضر واليابس، يحرق الشجر والحجر والإنسان، فيغدو العمران فلواتٍ وقفاراً، والأرض يباب...

أنا رئيس العصبة، المنتشي برائحة الدم والدخان، دون أن تتشبع رغباتي العميقة بالشر، الذي اكتسبته من طباع من صنعوني؛ من شراسة الرجل المتوحد، وغدر الغولة، ووحشية الذئبة.

أكتسح بجيشي البلدان كحمم البركان، لا يقف في وجهه حاجز طبيعي أو بشري. منظر المسوخ كفيل ببث الهلع في قلوب أشجع الفرسان، يولون الأدبار، تاركين الديار بنسائها وأطفالها. فرغت السهول والجبال والوديان من أناسها، واختفوا في اللامكان. حتى

المـرأة الجميلـة، التـي أعشـقها، مضـت واختفـت، راعهـا مـا رأت من مسـوخ، كنت أظن ستعجبها.

ولّت هاربة، بعد أن خطت على الجدران، وجذوع الأشجار، وسراب الرمـال، وصفحـات الميـاه، ونـدف الغيمـات "أنـت ذئـب حقيقـي، لا يُؤمـن جانبـك، مـا كنـت أظـن أن الشـر متأصل فيـك إلى هـذه الدرجة من القسـوة العبثية المجنونة. عش مع مسـوخك، فأنت مثلهم، لستَ وحشـاً ولا إنسـاناً. انطفـأ فـي قلبـك النصـف المضـيء، الـذي عشـقته. أنـت نـزوة خاطئـة، أتـت فـي غفلـة مـن أحـكام الزمـان والمـكان".

أسـير بيـن المنـازل المدمـرة، والخيـام المحترقـة، كلها قفـار، هرب أصحابهـا من جنون مسـوخي وعبثهم، وعطشـهم للدمـاء، واختفوا. وأنا أريـد أناسـاً، لا يمكننـي العيش إلا بمتعة التعذيب وسـفك الدماء، ومن دون هذا الفعل أموت.

أعود إلى "سيد أكوان الشر"، أشكو له سوء أحوالي من فراغ البلدان مـن المزارعيـن، والرعيان، والطحانيـن، والصناع، الذين ذهبوا بنسـائهم وأطفالهـم إلـى بلاد بعيدة، تقـع ما وراء الآفاق. قلت لـه: "بدأنا نضجر، أنا وكائناتي، من عدم وجود الناس، أخاف أن نلتفت إلى بعضنا البعض، فنقضـي علـى أنفسـنا. أرجـو أن تعيد النـاس إلي، إذا رغبت أن يسـتمر الشر في البلاد".

جمع "سيد أكوان الشر" مستشاريه من حكماء العفاريت الدخانيين، والشـياطين الناريين، والأبالسـة الرماديين، بحضوري خبيراً مميزاً بالشر. تداولـوا الأمر طـويلاً، قلّبوه من مختلف الأوجه، وهم يحكّون رؤوسـهم بأفاعي أيديهم، كي تخرج أفكار أكثر سوداوية، تحل مشكلتي.

تساءلوا: "كيف نقنع الناس بالبقاء في البلاد كي لا تضجر كائناتنا الشريرة بدونهم؟ يبدو أن أشكال المسوخ المريعة هي التي تفضح شرهم، فتجعل من يراهم يفر هلعاً".

تداولوا الآراء قائلين:

"هكذا صنعناهم، أشكالهم الممسوخة تناسب طبائعهم الشريرة".

"ماذا لو عدلنا تركيباتهم، وأعدنا صناعتهم بطريقة لا يتميزون بها شكلاً عن البشر، ويحافظون في دواخلهم على طبائع الشر؟".

"هذا صحيح، فأشكالهم الغريبة تتناسب مع حكايات بلاد الهذيانات، ولا تنسجم مع حكايات بلاد العمران".

"ينبغي ألا يشعر البشر بغرابة كائناتنا الشريرة واختلافها عنهم، مما يسهل عملها بينهم".

"لكن إعادة صنعهم وتعديلهم يحتاج إلى قدرات سحرية، ومفاتيح سرية، لا يعلمها إلا سيدنا".

يبتسم "سيد أكوان الشر" ابتسامة نارية دخانية رمادية، ويقول: "يبدو أن التلاقح العبثي في "بلاد الهلوسات" لم يعطِ نتائج جيدة لبلاد البشر. سأجري اختباراً جديداً بتعديل كائنات بطلنا، ولنرَ أين سينتهي بحكايته".

أمضي بالمئات من كائناتي الشريرة وراء "سيد أكوان الشر"، يعبر بنا أبواب الجحيم، ويقودنا إلى أعماقه تحت الأرض، حيث يقع مشغله الدموي الناري، الذي تفوح من حممه روائح الشواء.

مصيري ومستقبلي يتعلق الآن بالتركيبة الجديدة، التي سيعدلها، هنا.

نصل إلى طرف حفرة، لا قرار لها ولا تخوم، مليئة بدماء حمراء قانية، تغلي بشدة، تتراقص على سطحها الفقاعات الحمراء، وتعلوها سحب من بخار أحمر.

يدفع "سيد أكوان الشر" بكائناتي إلى الحفرة، يتساقطون، ويغرقون فيها، وسرعان ما يتقلبون في الحساء الدموي. في أثناء ذلك، يرش عليهم أملاحاً، تُحدث انفجارات، وهو يتلو تمتماته السحرية. يتفككون أجساداً ورؤوساً وأقداماً وأيادي وأذناباً، ويتشكلون من جديد. لا يمضي وقت طويل حتى يُحضر مصفاة عملاقة، لها مقبض طويل، يغرفها في الحساء، ويخرج كائناتي الجديدة منه. يهزها، منتظراً بعض الوقت، كي تتنشف من بقايا الدماء المغلية، ثم يرميها على سهل واسع من أرض الجحيم.

تظهر كائناتي الجديدة، أخيراً.

أشعر بالذهول، وأنا أراها تتحرك بسرعة بجموع كبيرة، تتراكض هنا وهناك. ثم سرعان ما تنتظم في مجموعات طولانية، رباعية الصفوف، على رأس كل منها قائد يضبطها.

أقترب منها لأتبينها بوضوح، فإذا هي كائنات من جنس الناس، لا تفترق عنهم أبداً. إلا أنها ترتدي ملابس غريبة، لم أرَ مثلها في حياتي؛ خوذاً رصاصية، تغطي الرؤوس، أقنعة ضد الغازات على الوجوه، سترات وبناطيل من قماش مبرقع على الأجساد، أبواطاً ثقيلة في

الأقدام. وتحمل بنادق رشاشة في اليد، تنتهي بحراب، وتعلق رمانات يدوية على الخصر، وجعب ذخيرة على الصدر. أما قادة المجموعات، فقد تزينت أكتافهم بنجوم. وفي الخلف، اصطفت مدرعات مجنزرة بمدافع، تُصدر زئيراً غريباً ودخاناً أسود.

يقول لي "سيد أكوان الشر": "هذه هي كائناتك الممسوخة القديمة، تم إعادة تصنيعها، فتحولت إلى عسكر. خذها وامض بها في طول البلاد وعرضها، فمظهرها الخارجي لا يكشف أصولها الغريبة، ولا خباياها السرية. وانشر بها الشر في جميع الأصقاع، على كل المساحات".

أسأله مذهولاً: "كيف سأتحكم بهذه الجموع الهائلة العدد، وهم متفرقون في كل الأمكنة؟".

"ستنهض لك تماثيل في الشوارع والساحات، وفي العقول والقلوب، تستطيع بها أن تراقبهم بها. وسيؤدون لها طقوس الصلوات بذبائح الدم من البشر، أضاحي لمجدك. هم بحاجة إلى إله، وستكون أنت الإله، ونرفعك عالياً في السماء".

أستعرضُ العسكر، ما إن أمرّ أمام مجموعة منهم حتى يصرخ قائدهم على جنوده بصوت جهوري ممطوط: "انتبه، استعد". ثم يدور ملتفاً على نفسه نحوي، ويؤدي لي التحية العسكرية، وهو يصرخ بصوت، ترتج له الجبال:

"العسكر جاهزون لسفك الدماء، أيها الزعيم الجنرال".

(4)

أنا إله الألوان والنيران

مـرّ يومـان منذ أن تخلصت من المشـعوذ الخبيـث وكاهناته، وقد
ألحقت بهـم جميع أعوانه الذين كانوا يعششـون في مطبـخ القصر،
حيـث يعـدون طعامـي المسـموم. جمعهم هناك البطل "أبو عدنان"،
بعـد أن أحكـم إغلاق الأبـواب عليهـم. ثـم دخلت إليهـم مـع عناصـر
مرافقتـي الأشـداء، وقمنـا بتقطيعهم أحيـاء بالسـواطير، على مصاطب
تحضير وجبات الطعام. ورمينا أشلاءهم في القدور التي تغلي بحسـاء
القضبان والخصيـات، وقـد انبعثت منهـا روائح التوابـل التي أصبحت
تدفعني الآن إلى الإقياء.

انتهـت المؤامـرة المحبوكـة ضـد الإلـه، وقضيتُ فـي ليلة واحدة
على العملاء الذيـن تسـللوا إلـى القصر تحت سـتار الطباخيـن،
وبتغطية من المشـعوذ.

قضيـت ليلتـي الثانية في مخدعي مطمئنـاً، وغفوت بكامل ملابسـي
العسـكرية؛ ببنطالـي، وسـترتي المشـدودة الأزرار، والمزينـة بالنجـوم
والأوسـمة الوطنية، وخوذتي المعدنية، وحذائي العسـكري الثقيل، بعد

أن مارســت بهما الجنس مع غزالتي. لن أخلعهما بعد الآن، لا في الليل ولا في النهار، ولن أتخلى عن غزالتي التي أشعر معها بالأمان.

أنهض من نومي في صباح يومي الثالث، إلهاً منشرح الصدر، صافي الذهن، دون أعداء ومؤامرات ضدي. أجلس على طرف الســرير، تبحث نظراتي عن الغزالة التي كانت نائمة بقربي طوال الليل، بينما أفكر فيما ســأفعله اليوم. ماذا ســيفعل إله دون كاهنات، وطقوس، ومعبد؟ لا أريد أن أعود إلى مللي وضجري، فنزق الإله عصيب ومُدمر.

لا يطول بي التفكير، إذ تدخل غزالتي إلى مخدعي بخفة، وهي تحمل بيدها عصابة عينين قماشية سوداء. ما إن ترمي ابتسامتها الساحرة عليَّ حتى أسمح لها أن تشدها على عينيّ، منتظراً منها مفاجأة، لا تسمح بها للملل والضجر أن يداهمانني.

"ادخـل أيهـا الإلـه العظيـم إلـى معبـدك المنتشـي بعبق الأسـرار وتلوناتهـا، معبـد الصـدى والـظلال"، توشـوش غزالتـي، فيمـا أسـير معصـوب العينيـن، وقـد تركتها تسـحبني من يدي، في فضـاء تداعبني فيه نسيمات عليلة.

تنفلت العصابة عن عينيّ، فأسـقط في متاهة عتمة تهذي باشـتعال عبق بخور سـديمي. تخفي مويجاته الكثيفة المتثاقلة صدى الفضاءات وظلالهـا حولـي، فتنمحـي تخوم الأشـياء وملامحهـا في تراقـص مجونها العابث مع الزمن.

يمـر زمـن حتـى تعتـاد عيناي العتمـة الدافئـة حولـي، وأتناغم مع صمت ظلالها، لأكتشف إيحاء الأشياء حولي، وأعرف أين أنا. كأنني ألمح جدراناً من المرمر الأسـود، تمتد دون نهايات. عميقة السـواد كظلام ليل

مسترخ دون زمن، يجثم على الوجود، فلا يتزحزح. أكاد أسقط عميقاً في سـواده، لـولا أن سـطحه الصقيل ينبض بتألق ومضـات نجيمات، يتجمع بعضها كسدم وغمامات. تتناوب النبضات اشتعالاً وخفوتاً، احتفاء بسحر زمن عابر، تغريه بالبقاء بتألقها.

أهمـس، كـي لا أعكر هسـيس الصمت حولي: "لمـاذا معبدي معتم هكذا، يا غزالتي؟".

تجيبني بصدى هامس: "ليس معتماً أيها الإله، أنت تحوم الآن خارج إسـار الزمـان وجاذبية المكان، الأكـوان التي خلقتها بقدرتك الإلهية هي أمامك، ملك يديك".

"لكنني لا أشعر أنني أحوم عالياً، فقدماي لا تنفصلان عن الأرض".

"لأن هناك ما يشدك إلى أرض الفناء، ولا يسمح لك بالانفلات عالياً بخفة. انتظر قليلاً".

تنحنـي غزالتـي علـى حذائي العسـكري، تحل رباطـه، وترميه بعيداً فـي نفايـات العتمة، ثم تلحقه بخوذتي المعدنية، فأشـعر ببعض الخفة في جسدي." أحوم، ولكن ليس عالياً بعد إلى سماوات إله، يا غزالتي".

لا تسـمعني غزالتـي، فهـي منهمكة بحـل نطاق بنطالـي الذي لحق بالحذاء والخوذة. وتملؤني الدهشـة ويداها تتسـللان إلى أزرار سـترتي العسـكرية، تحلها أيضاً وتبعدها عن جسـدي، لتذهب أيضاً في العتمة وراءهم، هي وصليل أوسمتي.

"ماذا فعلتِ يا غزالتي!؟ لم أخلع أبداً سـترتي العسـكرية بأوسـمتها الوطنية طوال حياتي".

"لست بحاجة إليها الآن، أنت هنا إله الأكوان".

أصرخ ملتاعاً: "لكنني دون سترة عسكرية وأوسمة وطنية لست زعيماً جنرالاً، أعود عارياً مثل أي مواطن في مزرعتي".

"أنت إله الزعماء الجنرالات، ستحوم الآن عالياً في السموات، فوقهم جميعاً".

حقاً، ما إن خلعت السترة العسكرية بأوسمتها الثقيلة، وأصبحت عارياً حتى شعرت بنفسي خفيفاً. وما إن شدتني غزالتي من يدي حتى طرت وراءها، وحمت عالياً في الفضاء. أصبحت نجيمات المرمر تنبض حولي، تغمرني بهذياناتها الضوئية، أما قدماي فبالكاد تلامسان شيئاً صلباً. تأخذني النشوة إلى ذروتها، فأصرخ بهذيان مجنون: "أنا أحلّق يا غزالتي، أنا إله الأكوان".

"نعم، دون ملابسك الأرضية الدنسة التي لوثتها دماء الحياة الفانية".

"لكنني مجبول بطبيعتي المبهمة على عشق الدماء. أين هم عساكري الذين أزرع بهم الأرض رعباً وخراباً، ويروونني بدماء ضحاياهم؟".

"سيتلقون أوامرك عبر حجب الغيب، عندما تبغي قتلاً أو دماراً على الأرض، وترغب أن تنتشي بالدماء".

أحلّق منتشياً في فضاءات العتمة، المتألقة بنبض النجيمات الراقصة، مسحوراً بأعطافي الربانية، وفي ذاكرتي سماء ألوهية مبهمة، أغفو فيها على أريكة حكاية، تحت ظلال شجرة تفاح وكرمة. أتراقص بيد غزالتي التي تشدني وترخيني، ترفعني وتنزلني، على إيقاع موسيقى منبعثة من صدى العتمة المبهمة. فجأة، تهبط بي أرضاً، وقد تألقت على سطح

الرخام الأسود بانعكاس شعيلات نار متراقصة، كأن سحراً أشعل سراجات تزين جنبات المكان، فتلونت العتمة بتراقص الظلال، وبانت ملامح الزمان، فانكشفت واقفاً على الأرض، عارياً.

"انكشفت يا غزالتي عارياً، أين سترتي العسكرية؟ ومن هم هؤلاء العراة حولي؟".

"أيها الإله العظيم، أنت الآن في معبدك، تزينه تألقات مرايا متداخلة الخيالات. وهؤلاء العراة فيها هم أنت، هم تعدد ذاتك الإلهية الواحدة، في تكرار لانعكاس نسخك المقدسة؛ تعددية للوحدانية من أجل عبادتك في جميع الأزمان".

"انظري كم هو جميل جسدي الإلهي، يا غزالتي، يتكرر في المرايا مرات ومرات، دون نهاية. انظري كم هو ساحر عريي الذي أراه للمرة الأولى من كل الجهات؛ بطني الأسطوري، ومؤخرتي السلطانية. لكن كيف سأقابل جنودي بهذا العري يا غزالتي، وكيف لهم أن يطيعوني دون بذلتي العسكرية المزينة بأوسمتي؟".

"انكشاف عريك عابر، هو لحظة انتقال ذاتك الإلهية من كيانك السديمي اللامعلوم اللامدرك إلى تصورك في تجسد يقربك من مخلوقاتك. سيختفي عريك في تجسد لم يصله إله من قبلك".

"ماذا تخبئين لي يا غزالتي الرائعة؟ لن أشعر بالضجر والملل ما دمت معي. عوالمك هذه لا تستنزف جسدي في نشوات مجنونة عابثة، تشعلها سموم التوابل والعقاقير. أرغب بجسدك أنت وحدك، دون الحاجة لأي من الكاهنات، فأنت تليقين بإله يسمو فوق الأكوان. لكن كيف ستخفين عريي هذا في تجسد إلهي!؟".

"سنعبدك في هـذه الأيـام إلهاً للألـوان. كل يوم إله لـون، من تلك التـي تثير شـهواتك بمرأى النيـران، عندما تنبثق من ذاتك الإلهية، كإله للحرب".

"يعجبني هذا".

"اليـوم أنت إله النبيذي، وغداً الليلكي، وبعده القرمزي، فالفيروزي، والأرجواني، والفسـتقي. سيشتعل اللون في يومه صارخاً، عميقاً، صافياً، ملتبساً بالأسرار، كذاتك الإلهية"، توشوش لي غزالتي، وهي تدور حولي، تتلوى راقصة وكأنها تدفع بذراعيها مويجات سحرها إلى ذاتي، فتتابعها أنظاري، وأنا مندهش، مذهول، متلبس بسحرها.

النبيذي، رائع، يعجبنـي، فهو لون خمر كرمة جرود الجبال المتصلة بالسماء، التي كانت تحتسيها الإلهات وتنتشي بها، في حكاية سماواتي السـت السـابقة، عندما جحدني البشر، وعبدوهن بدلاً مني. لكن الأهم أنه لـون الدمـاء الطازجة، عندما تسـيل في حرائق المعـارك من أشلاء الأجساد، فما إن أراه حتى أرغب باحتساء بحيرة من دماء، ولا أرتوي.

"إله النبيذي! لكن كيف سأتجسده يا غزالتي؟"، أسألها بدهشة.

ترمـي غزالتي على رقبتي شـالاً نبيذياً طويلاً، يمتد بعيداً إلى نهاية الـظلال، وفوقه شـال وشال. ثـم تأتي بزنار نبيذي عريض تلفه حول وسطي، وتترك طرفيه يتدليان، ينسـحبان على أرضية المعبد إلى نهاية المكان، وتلحقه بزنار وزنار. وتلقي على كتفيّ رداء نبيذياً فضفاضاً، ذي بداية ودون نهاية يرفرف غامراً فضاءات المعبد، وفوقه رداء ورداء. وتلـف رأسـي بعمامـة نبيذيـة تـملأ السـماوات فوقـي، تتراكب طياتها هائجة كأمواج بحار.

"لنركضْ الآن يا إله النبيذي، بالشالات، والزنانير، والأردية، والعمامة. نركـضُ لنقفـز، نقفزُ لنحلق، نحلقُ ونحن نرقـص، في فضاءات النبيذي"، تأمرني موشوشة، وهي تمسك بيدي.

يركـض معنـا النبيـذي، يقفز، يحلـق، يرقص، فيغـدو الفضـاء نبيذياً، بالأشـياء والكائنات فيه. تشـتعل انعكاسـاته، وخيالاته، وأطيافه، نبيذية، في المرايا العميقة دون نهايات، ويعبث بهما الزمن نبيذياً.

يضج المعبد بلحظات سحرية، بنور مئات الشموع والسراجات، ذات الشـعلات النبيذيـة المتراقصة. تزيـح عتمة الظلال الكامدة، والشـاحبة، والمرتجفة، من الزوايا الهاربة، عندما تحاول الالتجاء إلى جنبات منسية. لكـن زمـن النبيذي، المنتشـي بسـطوته، يلاحقها، يكشـفها ويعريها، ثم يفتض بكارتها ليلقي بها إلى عدم اللون، أو نفايات السواد.

ينكشـف علـى جانبـيّ المعبـد صفـا صبايـا حسـناوات، بـغلالات ووشـاحات نبيذيـة، ناعمـة، فضفاضـة، تتطايـر أطرافهـا فـي الهـواء المرتبـك الحائـر بجمالهـن. وعلـى إيقـاع موسـيقى نبيذيـة، تتسـلل مـن غياهـب غامضة، مـن المبهـم اللامعلوم اللامـدرك، تشـلح الصبايا بأذرعهـن الناعمـات مويجـات متدفقة متداخلة مـن تدرجات النبيذي في غمامات الأجواء؛ من الأشـد صفاء، الذي يبوح بالأسـرار، إلى الأشـد كثافـة، الذي يلفها بالمتاهات.

"من هاته الصبيات، يا غزالتي؟".

"كاهنات ألوهيتك النبيذية".

"لكننـي لا أرغـب بأجسـادهن التـي تبـدو مغريـة، لن أكـرر تجارب النشوات المجنونة في الإيوان. يكفيني مرآهن هكذا، نبيذيات ساحرات".

"لن يقتربن منك. سيتوالد النبيذي من أشواقك إلى جسدي فقط، وعبره سيبزغ في الأجواء بتدرجاته. جسدي فقط هو لك أيها الإله".

"وما هذه النوافذ العريضة التي انزاحت ستائرها فجأة؟ إنها تكشفني يا غزالتي. ألمح هناك في الأسفل أشخاصاً يجلسون على أرائك، مشدودي البصر إلينا بدهشة وذهول، وبعضهم يحملون كاميرات تصوير".

"ينبغي أن تنكشف نبيذيتك على شعبك، كالحلم، كالرؤيا، وعبر هؤلاء المختارين الذين يتلقون الآن وحيك النبيذي. سيخاطبهم تألقك النبيذي القدسي، الهابط إليهم من عليائك، وينشدون مجدك صلوات شعر، وموسيقى، وتصاوير".

"ومتى ستتم التضحية بذبيحة سجين سياسي قرباناً لي؟ أريده في هذا اليوم بدم نبيذي".

"سجين بدم نبيذي، سيكون قرباناً لك. لكن ماذا نفعل بأعدائك في القصر الذين يحيكون المؤامرات دون توقف ضد نبيذيتك؟".

"غزالتي الرائعة، افعلي ما تشائين بهم، أفوضك بصلاحيات أمني في القصر".

"سيُقدم لك، إذاً في الغد، أحد أعدائك من القصر قرباناً بدم ليلكي".

"أيها الإله العظيم، اليوم أنت إله الليلكي".

"بعد ليلتي النبيذية الماجنة معكِ، من الرائع أن أكون اليوم إله الليلكي. هو لون الأحلام والسفر في الخيال يا غزالتي. أعجبتني طقوس النبيذي التي حفل بها معبدي البارحة، ومن الممتع أن

يتم التقرب إلى ألوهيتي اليوم مجدداً، إنما بطقوس الليلكي".

"سأزيدك بها متعة اليوم، فإله الليلكي أعلى قدسية من إله النبيذي. ستكون الأردية اليوم ليلكية، وإضافة إليها ستعتمر غطاء رأس من ريش الطاووس، ينسدل بتدرجات ألوان ليلكية براقة. الهيولى ستمنح انسياباتها تبعثر الليلكِ في الفضاء حولها. وستتدلى من الغطاء ألياف مجدولة، متثاقلة بجواهر ليلكية تخطف الألباب.

"يسرني هذا".

"وسترتدي أقنعة سحرة الغابات البكر، وشامانات القبائل البدائية؛ مدورة، مستديرة، بيضاوية، متطاولة، وجميعها ليلكية، فأنت الإله بألف وجه بطولة. هي وجوه مخلوقات ذاتك التي انبثقت بهمسة، برعشة، بإيماءة، بتصور، من ذاتك. وسأرمي على عنقك عقوداً تنشد إلى قواقعها تعاويذ ليلكية، تحميك من الأرواح الشريرة السادرة بلا لون".

"الإله لا يخشى الأرواح الشريرة، يا غزالتي حتى لو أتت من عوالم اللالون. يمتعه عبثها بمخلوقاته، كي يلتجئوا إلى تلوناته السحرية".

"أتحدث عن الأرواح الشريرة التي تتلبس أعداءك في القصر. يحيكون المؤامرات ضدك، ويتحينون الفرصة للإساءة إلى تلوناتك الإلهية".

"لا تذكريهم بعد الآن أمامي، لقد كلفتك بأمني الشخصي وبالقضاء عليهم. لكن هذه العقود ثقيلة يا غزالتي، كيف سأرقص وأحوم بها على إيقاع موسيقى الليلكي؟".

"سيشتد اليوم إيقاع الموسيقى ويعلو، فتعلو أنت أيضاً بأثقالك القدسية كريشة ليلكية".

"أيها الإله العظيم، أنت اليوم إله القرمزي".

"لكـن يـا غزالتي، تعبـت البارحة مـن الأقنعة وطقوسـها. لا أريد أن أكـون اليـوم إلهاً بألف وجـه بطل. الأقنعة ثقيلة، تضغـط على الأنفاس، وتحجب وجهي الحقيقي عن مريديّ، وقد مللت من تبديلها المستمر".

"لا، سأسـتعيض عنهـا اليـوم بوشـوم بدائيـة من سـحر الغامض على وجهك القدسـي. سأرسـم على نصف جبينك طاووسـاً فردوسـياً قرمزياً، يتدلـى ذنبه الطويل الزاهي بدوائره السـحرية، ملتفاً على صدغك حتى يصل إلى طرف ذقنك".

"يعجبنـي هـذا، أرجـو ألا يهـز ذيلـه كثيـراً. بالطبع، لـن تمحيه في اليوم التالي".

"لا، لـن أمحيـه. لكن في اليوم التالي، سـتكون إله الفيروزي. لذا، سأرسـم أشـجاراً فيروزيـة مثقلـة بثمارهـا، علـى الجانـب الثانـي من الجبين والوجه".

"وارسمي بينها غزالات جميلات مثلك ترعى عشباً".

"بالتأكيد، عشباً فيروزياً. وفي يوم الأرجواني الذي يليه، ستنبثق من جفنيك إشـعاعات شـمس أرجوانية. ثم سـتحوم في غده طيور فستقية، تغرد فوق صلعتك المجيدة".

"ثم نتخلى بعد ذلك، يا غزالتي، عن الشالات، والزنانير، والوشاحات، والأردية، والغلالات، والعمائم، التي ترمينها عليَّ. وتستبدلينها برسومات على جسدي، تخفين بها عريه البكر عن أنظار مريديّ. اروي لهم رسماً على صدري، كيف انبثق الكون بأفلاكه من ذاتي ألماسياً. ارسمي فردوساً بنفسجياً على بطني، وجحيماً نارياً على مؤخرتي. صَوِّري نسوة عاريات

بأجساد حليبية على ظهري، يدغدغنني بأثدائهن الناعمة، وعاناتهن المحلوقة، وفروجهن الرطبة. ولتخرج من حوضي عدة قضبان ضخمة، رمزاً لفحولتي. سأتجول هكذا بموكب مهيب في الشوارع بين أفراد رعيتي".

"إله قريب منهم، يتأملون عظمة تجسداته اللونية".

"وسترافقني في الموكب صفوف كاهناتي اللونيات، حاملة مرايا كبيرة، كي أتأمل باستمرار ذاتي الإلهية، وجسدي المقدس، من جميع الزوايا، أينما ذهبتُ، وكيفما تحركتُ".

"تعب الخيال من الألوان النزقة بجنونها يا غزالتي، وانتشت الروح من دماء القرابين البشرية بألوان يومها. ثقلت التصاوير على الجسد، فلا الطاووس يتوقف عن هز ذيله على خدي، ولا الغزالات عن العدو على وجهي، ولا الطيور عن التغريد فوق صلعتي. نار الجحيم تحرق وركيّ بلهيبها، والنسوة لا يهدأن عن مناكدة بعضهن بعضاً على ظهري حتى نالني الصمم من صياحهن. أتوقع اليوم أن أكون إلهاً مغايراً، قبل أن يزورني الضجر؛ إلهاً دون ألوان، دون أقنعة على الوجه وتصاوير على الجسد".

"الأكوان هي رهن نزواتك القدسية. ارتدِ، إذاً، هذه الملابس أيها الإله العظيم، من أجل ألوهية هذا اليوم".

"ما هذا يا غزالتي، سروال نسائي ضيق، تزينه التخريمات المثيرة، حمالة ثديين مغرية، شلحة ناعمة تشفّ ما تحتها، وغلالة هفهافة فوقهما. وجميعها وردية! أنا لست امرأة يا غزالتي، أنا إله جنرال، إله الحرب والدخان".

"هيا ارتدِها. يطفو اليوم من روحك ذلك الجزء من ذاتك الذي تنبثق منه الحياة الأنثى. ستختبرها، وهي تلد الحياة من وراء ظلال ذاتك. ثم ألن تسليك معرفة ما تختلج به روحي، أنا الأنثى، في الأعماق نحوك؟".

"بلى، لأجلك يا غزالتي سأرتديها، إنما لهذا اليوم فقط. لكن لن أسمح لأي من الكاهنات بالدخول إلينا، ولا لأحد من مريديّ أن يلمحني عبر النوافذ. ها أنا أرتديها. أشعر أنه ينقصني معها شعر مجعد مصبوغ على رأسي، وفرو ثعلب على كتفيّ، وأصبح غانية عاهرة".

"اجلس الآن أمام المرآة بملابسك الأنثوية هذه".

"غريب أمر هذا الإله اليوم يا غزالتي! ماذا تخبئين له؟".

"اليوم، أنت لست إلهاً ذكراً، إنما إلهة أنثى. ستتبرج بمساحيق التجميل لذاتك الإلهية، من أجل ليلة حب عابثة. هيا دعني أضع حمرة فاقعة على شفتيك، ومسحة وردية على خديك، وكحلاً أزرق يخرج من طرفي عينيك. لنعلق حلقة فضية في أنفك، وقرطي ذهب في أذنيك، وعقد ألماس على عنقك. ولنضع قوساً من المجوهرات الثمينة على رأسك. أنتَ الآن إلهة أنثى بكر، جاهزة لافتضاض بكارتها من عريسها الإله".

"مجنونة عابثة أنت يا غزالتي. لا يعجبني هذا كثيراً، فروح الزعيم الذكر بي لا تهدأ، ولا تخمد".

"لكن انظر إلى نفسك في المرآة، كم أنت ساحر في هيئتك الجديدة".

"هذا صحيح، أرى ذلك يا غزالتي. ما أجملني كيفما أكون، حتى حينما أكون أنثى. أدرك الآن لماذا تسحر النسوةُ الرجال، عندما يلبسن غلالاتهن ويتبرجن في غرف النوم".

"الآن، هيا انهض إلى السرير، وتمدد عليه، على صدرك".

"لماذا يا غزالتي؟".

"استرخ، واغمض عينيك كي تعود إلى الرحم الذي يمنح الحياة. أنت الآن إلهة أنثى، تلد ذاتك الذكورية. سأضع عصابة سوداء على عينيك".

"لا أرى يا غزالتي سوى العتمة الكثيفة. أعرف أن باطن الرحم وردي، وليس أسود".

"هـذا صحيـح، عندما يتسـلل إليه نـور من الفرج. لكنـه في الداخل مظلم شديد السواد. هنا يرتاح الجنين دون ظلال وأصداء".

"لكن لمـاذا توثقيـن يديّ وقدميّ بهذه الشـدة؟ لـم أعد أقوى على الحراك يا غزالتي، لم أعد أدري أين أنا".

"أنـت في الرحم، مثبت الأوصال، كي لا يسـقط الجنيـن قبل أوانه، ويأتي دون حياة. وكي ندخل في دورة الصمت السرمدي، سأضع لاصقاً كتيمـاً علـى فمـك، وتتنفس من أنفك. في العتمـة لا أصوات ولا أصداء، لديك السمع فقط. اليوم، أنت إله اللون الأسود، إله الصمت".

أستسـلم، متمـدداً فـي ظلمـة السـواد العميـق، دون حـراك. أنا إله اللـون الأسـود، إلـه العدم. لـم يعجبني هـذا اللون أبداً في حياتي كلها، أتمنى أن يمر هذا النهار سـريعاً. أشـعر بخيال غزالتي فوقي. تمد يديها الناعمتيـن إلـي، ترفع الغلالة بتمهل إلى الأعلى، ومن ثم الشـلحة، تفك حمالـة الثدييـن، وترخي سـروالي النسـائي بلطف إلى الأسـفل، وتلقي بجسـدها الناعم فوقي. أشـعر به، وهي تتلوى فوقي، فتنعشني طراوتها في هذه العتمة، فأنتشـي بها. كأنها رفعتني من الظلمة إلى عالم أسـبح فيـه دون زمـان أو جاذبيـة. جميل هذا، بل سـاحر يا غزالتـي، متعة بلا

حـدود فـي سـديم الظلمـة. أصبح اللـون الأسـود يعجبني، أنـا اليوم إله الأسود. لكن لماذا يشتد تنفسك هكذا فجأة يا غزالتي، كأنه يخشن في صمت العتمة! أين اختفى ثدياك الناعمان؟ كأن شعراً غليظاً كثيفاً نبت مكانهما في ظلال العتمة! لماذا يقسـو جسـدك الطري الهفهاف فوقي؟ لم أستشـعر بك ولا مرة تتشـنجين في متعتك معي، فتتصلب عضلاتك إلى هذه الدرجة من الشـدة. كيف لجسـدك الصغير أن يتضخم، فيغمر كامل عريي، بساعدين قاسيين، وفخذين عريضين؟

ما هذا يا غزالتي، من أين نبت لك عضو ذكري ضخم؟ ماذا تفعلين بـه فوقـي؟ لمـاذا تحاوليـن إقحامـه فـي مؤخرتـي؟ مجنونـة أنـت، إنك تؤلميـن ثقبـي الصغير بهذا العضو العملاق، إنه يخترقني بعنف. أشـعر بألم شـديد في مؤخرتي، لا أسـتطيع الصراخ، ففمي مكموم. إنه يمضي بـي أكثـر فأكثـر عميقـاً، يؤلمنـي هـذا كثيراً. هذا ليـس أنتِ يـا غزالة يا حقيـرة، إنـه إله ذكر يغتصبني. من أين حضر، وأنـا الإله الوحيد؟ أنا إله ذكـر أيهـا المجنون، إنك تمزقني وأنا أنزف دمـاً؟ لماذا تمضي بي هكذا عميقاً، أنا لست امرأة يا حقير.

أيـن أنـت أيتها الكلبة المسلولة؟ اخرجي هـذا العضو الضخم مني، فلـم أعـد أحتمـل الألـم الشـديد. لا أريـد أن أكـون بعـد الآن إلـه اللون الأسود، ولا إله ألوانك. أين سترتي العسكرية بنجومها الذهبية وأوسمتها الوطنيـة؟ أيـن مسدسـي الفضـي؟ كيـف يمكـن اغتصـاب الإلـه الزعيم الجنـرال؟ أنـا الـذي أغتصـبُ البلد كلهـا، وبمن فيهـا؛ بنسـائها، ورجالها، وأطفالها، وحيواناتها، وجمادها. سأذبحكم جميعاً؛ الغزالة الكلبة، والإله الشبق فوقي، والألوان، والظلال، والصدى، والصمت.

بين الغفوة والصحو أتدرج نحو الاستيقاظ في العتمة، إذ إن لسعة برد مست جسدي العاري، فدفعتني إلى التنبه والتقلب. أمد يدي في العتمة الباردة إلى جسد غزالتي. لا غزالة، لا دفء مكان نومها. أين مضت في الليل، وتركتني وحيداً في السرير؟

أشعر بظمأ شديد، وحلقي جاف متيبس، أمد يدي لتناول كأس الماء الكبيرة التي اعتدت وجودها على الطاولة الصغيرة بجانبي ليلاً، فلا أجدها. أنهض بصعوبة، وأنا أشعر بألم غريب في مؤخرتي. أنتظر حتى تألف عيناي الضوء لأتبين ملامح الأشياء حولي، وأمضي بتثاقل باحثاً عن الغزالة والماء.

ألمح ستارة باب الشرفة في طرف الغرفة، يتلاعب بها الهواء. لهذا لسعني البرد، فاستيقظت. أمضي لأغلقه، لكنني أتوقف، إذ ألمح فجأة في طرف الشرفة خيالين، يتحدثان بهمس. أتعرف على إحداهما للغزالة، بعد أن دققت النظر. أتوقف، أختفي عند طرف الجدار، مسترقاً السمع إليهما...

"أيها الرفيق "ثائركان"، سيصحو الآن في فراشه، ويطلب كأس الماء وجسدي فلا يجدهما.

كان عليَّ أن أحضّر كأس الحبوب المخدرة التي تثير لديه الهلوسات، قبل القدوم إليك. بدونها سيستعيد وعيه، وذاكرته، وقدرته على تمييز الأشخاص والأحداث، ويضيع سدى ما فعلناه حتى الآن. لكنني أنتظر التعليمات الجديدة منك".

"أيتها الرفيقة الغزالة، لقد أبليتِ حسناً حتى الآن. لم يضع تدريبك المركّز على استخدام السلاح سدى، والتعامل مع السموم والمخدرات

وحبوب الهلوسة. إن ثقة القيادة الحزبية فيك عالية، وهي تقدر ما تفعلينه من أجل مسيرة الحزب والثورة، أنت والرفيقات اللواتي يلعبن دور كاهنات الألوان".

"وما هي الخطوة التالية مع هذا الإله المخبول؟".

"توقفي عـن إعطائه حبـوب الهلوسـات اللونية التـي تثير خيالات الألوان في رأسه. لقد توافقت مع فكرة اقتناعه بأنه إله، وأعطت نتائج إيجابيـة لخطتنـا مـن خلال سيطرتك عليـه بواسطتها، ويعـود الفضل فـي هـذا إلـى ذكائك وخبراتك. قضينا في هـذه المرحلة علـى الكثير مـن أعـداء ثورتنا المجيـدة في القصر، بفضل الصلاحيـات الأمنية التي فوضك بها، وألحقناهـم بالشـيخ الفقيه "أبو البـركات". دون الحديث عن أفراد جيشـه المتوحشـين الأغبياء، الذين يمكن اسـتمالتهم بالمال والنسـاء، لـم يبـق أمامنـا مـن عائـق إلا البطل "أبـو عدنـان" ومرافقيه الشـخصيين. هـؤلاء الأخيرون تـم اختيارهم من خارج صفـوف حزبنا. لنمض الآن إلى تنفيـذ القسـم الأخيـر مـن خطتنـا الثوريـة، من أجل إعادة الاسـتيلاء على السلطة باسم الحزب والثورة".

"وما عليَّ أن أفعل الآن؟".

"أضيفي الليلة إلى كأس مائه حبوب هلوسة، تجعله يشعر بالاسترخاء والرغبة بالنوم العميق، مع مسحوق مركز من خليط الأفيون والماريجوانا، يثير في ذهنه السـهو والتبعثر والضياع. اجعليه ينسـى أنه إله الأكوان، وإله الألوان، والإله الأنثى. اصنعي منه إلهاً ضائعاً، متشـرداً في السـهول الواسـعة دون معبد، دون أن يسـتطيع التركيـز. وأقنعيـه الآن أن "أبو

عدنان" ومرافقيه يحيكون مؤامرة ضده. سنستغل ضياعه وننهي خطتنا".

"هل سيستمر هذا طويلاً؟ أخشى أن يصحو ذات ليلة، ويودي بي إلى النسيان. إنه بطبعه الغريزي يشك بكل من حوله. يستشعر بحدس غريب رائحة المؤامرات".

"ليلتان، ويحتل رفاقنا المناضلون القصر، وسيصادف هذا اليوبيل النحاسي لاستيلائنا على السلطة. لا أعرف من أي حكاية غريبة انبثق هذا الزعيم الجنرال؟ فجأة وجدناه ممتلكاً كامل السلطة، بجنود متوحشين، يشبهون الحيوانات المفترسة، قدموا معه من براري الغياب. أزاحنا نحن الرفاق الثوريون عن السلطة، وانحرف عن أهداف ثورتنا اليسارية، مطلقاً لحية تاريخية رجعية إلى جانب شنبه اليساري. وها هو يريد التضحية بنا قرابين على مذابح تماثيله باسم المؤامرات التي لا تنتهي ضده. هيا اذهبي، وحضّري له كأس الهلوسة الجديد، فالنهاية اقتربت. لكنني أرى ابتسامة خبيثة على شفتيك أيتها الرفيقة الغزالة، ماذا تخبئين وراءها؟".

"سأذهب، لكن أخبرني سريعاً، هل استمتعت بمؤخرته ليلة البارحة وأنت تغتصبه، فيما هو يظن نفسه إله اللون الأسود؟ لقد كان لهاثك عالياً وأنت فوقه".

"خبيثة أنت دائماً. لا، لقد كانت جافة ويابسة، وليست ناعمة كمؤخرتك التي تقودني إلى الانتشاء سريعاً. اخترقتها بصعوبة، فتمزقت ونزفت منها الدماء. لقد اغتصب السلطة منا نحن الرفاق، ألا يحق لنا اغتصابه مرة واحدة بدلاً من ذلك؟".

أنسلُّ من وراء الستارة بهدوء، كي لا يلمحاني كلاهما. أعود إلى السرير، وأتظاهر بالنوم. بعد وقت، تحضر الغزالة كأس ماء، وتستلقي إلى جانبي.

"ثقل في الرأس يا غزالتي، كأنني إله ضائع، متشرد تائه. يعجبني ما تقولين إنني اليوم إله السهول، بل والسهوب، والبوادي، والفيافي، والقفار. لكن لماذا تدفعينني إلى شرب الماء والاستلقاء والنوم، أراك تلحين على ذلك كثيراً!".

"أشعر بخدرك أيها الإله العظيم. لذلك، أرغب أن تسترخي وترتاح اليوم في أحضاني، فإذا غفوتَ، أتفرغ أنا للقضاء على أعداء تلوناتك الإلهية. أشم مثلك رائحة المؤامرات، تفوح من كل جنبات القصر. نم بهدوء، وسأقضي عليها".

"لا، إله السهول لا ينفك جائلاً في تشرده ليل نهار، لا يهدأ ولا يستطيع الاستقرار، ولا يريد النوم. لماذا تنظرين إلي هكذا باستغراب؟".

"أنت تعبٌ، وينبغي أن تنام".

"دعينا من هذا الآن. أشعر اليوم بعشق لا حدود له لعينيك الأخاذتين، ولابتسامتك الساحرة. أريدك أن تكوني إلهة إلى جانبي، يتقرب المواطنون إلينا معاً بأضاحيهم. الإله العظيم ضجرٌ في وحدته دون إلهة. إله السهول سيجد ملجأ في قلب إلهة الـ... إلهة ماذا؟ ما رأيك؟ لماذا تضحكين؟".

"اختر أنت لي صفاتي الإلهية. تعجبني اليوم رغباتك، أيها الإله المتشرد في عشقه لي".

"اليوم إله السهول المتشرد يعشق النيران المتأججة في ذاتي الإلهية، النيران بألوانها مجتمعة؛ النبيذية، والليلكية، والقرمزية، والفيروزية، والأرجوانية، والفستقية. اجمعي كاهناتك، وارمي عليهن شالات، وزنانير، ووشاحات، وأردية، وغلالات، من هذه الألوان. أريدهن أن يمنحن الفضاءات حولنا لهيب نيران من سحر ملابسهن المتطايرة الألوان، التي ستغطي الزمان والمكان، في احتفال ناري مهيب. ستكونين الليلة أنت إلهة النيران".

"سيكون احتفالاً رائعاً أيها الإله، نعيد به خلق الحياة من النيران المقدسة، بعدما تبين أن مخلوقات الطين ذابلة، منطفئة. وستشتعل أنت اليوم معنا، إنما بنار حقيقية ترقص بها، كي تهب الحياة لما حولك. أليس كذلك؟".

عند المساء أشعلُ نيراناً عظيمة، وسط باحة القصر الواسعة. ترتفع عالياً لشدتها، فيشق لهيبها عنان السماء، ويزيح ضياؤها العتمة عن بيوت المدينة المختنقة بضياء الفوانيس الخافت وراء نوافذها. يغذيها عناصر مرافقتي الأمناء، بقيادة البطل "أبو عدنان"، بحطب أشجار الحور، والسنديان، والصفصاف، والدردار، والزعرور، بعد أن تم قطع ما تبقى منها حول المدينة، على مسيل النهر الذي جف، وسفح الجبل الذي أصبح أجرد. أمرت أن يُغطس الحطب بنبيذ كرمة معتق، مستورد من بلاد الآراميين، حتى تتراقص الحرائق ثملةً، وتعبق بالانتشاء، من أجل هذه المناسبة العظيمة؛ يوم غضبي أنا بالنيران.

نصبتُ في طرف الباحة عالياً عرشاً إلهياً، مزيناً بأكاليل الغار. جلستُ عليه، وقد عدت لارتداء بذلتي العسكرية، بكامل هيبتها وألقها،

فلمَّعْتُ النجوم والسيوف والنسور الذهبية على كتافيتي البزة، ومُسِح الغبارُ عن الأوسمة الوطنية المتدلية عليها. وتركت مساحة واسعة حول النيران العظيمة المشتعلة، كي تؤدي فيها كاهناتي طقوس التقرب إليّ برقصات النار.

أمد حول الباحة بسطاً وفرشاً وطنافس شرقية تدعو للاسترخاء، يتمدد عليها الآن رفاق الثورة القدامى، وعلى رأسهم القيادة التاريخية، يتقدمها الأيديولوجي "ثائركان"، فقد دعوتهم اليوم للاحتفال معي باليوبيل النحاسي لذكرى تفجيرها. ومددت أمامهم سماطات واسعة، استلقت عليها بوفرة صواني الطعام العامرة؛ رزاً ذاب عليه شحم غزالات، تربعت فوقه أضلاعها المشوية تلالاً طيبة المذاق. لحوم غزالات فقط، متبلة بسموم خافية الطعم، تذهب بالوعي فيما الجسد يبقى صاحياً. تنتصب إلى جانبها أباريق نبيذ، ممزوجة الشراب بمساحيق هذيان، تجعل شاربها يعشق النيران. وتلطى أفراد حرسي الشخصي متخفين وراء الأسوار، وأفراد جيشي حول القصر.

أحضر اليوم فرق موسيقى الجيش النحاسية، كي يهذي الاحتفال بالحماس والدخان؛ الفرق التي صدئ نحاس أبواقها الصفراء، فأعيد تلميعها، وارتخت جلود طبولها، فشُدت من جديد، من أجل هذا المساء. ستنزاح الموسيقى الباهتة الغامضة السابقة التي كانت ترافق شاعرية الألوان النزقة، لتحل مكانها هذه الليلة أصوات انفجارات الطبول الغاضبة، ونفخ أبواق المعارك الهادرة، وتلويح البيارق المنتصرة، على إيقاع طقطقة أحطاب النار العظيمة، في أثناء تجمرها المُتقد.

ما إن تشتعل الموسيقى الحماسية، مع بدء الاحتفال، حتى يزداد تأجج النيران وارتفاع ألسنتها. تنتفخ أوداج الرفاق بلحوم الغزالات

الطيبات المذاق، وتثمل رؤوسهم بنشوة النبيذ التي تماهت مع عشق تراقص ألسنة اللهيب.

تدخل الكاهنات إلى الباحة بأرديتهن الفضفاضة المتراقصة، ووشاحاتهن المتطايرة في الهواء، تقودهن الغزالة التي فوجئت بي مرتدياً بزتي العسكرية بالكامل. لا يسعها الاعتراض، وقد تعالت هتافات الرفاق الحماسية، يهزجون مرحين بصلوات شعاراتهم الوطنية المرائية، الممجدة لي، فيما يتغامزون خفية مع رفيقاتهم المناضلات الراقصات.

بدأ الاحتفال يا غزالتي، كما أرغب أنا هذه المرة، فارقصي، ودعيني من نظرات الاستغراب التي ترميني بها دون انقطاع.

تتناثر في فضاء الباحة الهذيانات الراقصة لأردية ألوان النيران ووشاحاتها، المرمية على الكاهنات، وتتراقص على إيقاع موسيقى الحريق الحماسية. تخبل عقول الرفاق الذين سرعان ما ينسون هتافات تمجيدي، وينساقون إلى أغنيات شعبية ممنوعة رسمياً وحزبياً عن العشق والهيام، كان ينشدها الشباب في الأعراس القروية، عندما كانت هناك أعراس. يصيحون مشاكسين كسكارى الحانات، وقد نسوا الثورة وعظمتها، وكأنها لم تكن، ولا جحافل عسكري امتلكت السلطة.

أرى الجميع ضاجين، ما عدا رأس الأفعى "ثائركان"، الوحيد الذي لا يتناول لحماً، ولا يحتسي نبيذاً، متوجساً بقلق مرتسم على وجهه، وصمت يجثم على قلبه. يظن بالتأكيد أنني شممت رائحة مؤامرة، لكنني لم أكتشفها بعد، ما دامت خيوطها السرية قد حيكت بعناية من قبله، وبتنفيذ الغزالة الكتومة. وإلا فكيف أصبر على الرفاق، وأدعوهم

إلى وليمـة باذخـة، بمناسـبة اليوبيـل النحاسـي لقيـام ثورة أكل عليها الزمان، وشربها الرفاق مع النبيذ المسروق من مزرعتي.

إيـاك أن تـأكل أو تشـرب أيهـا الأيديولوجـي الحقير، أريـدك صاحياً طوال الوقت، كي تشـهد احتفالي العظيم بانتصار ثورة نيران غضبي. أنا إله النيران الحاقد الذي لا ينسى الإهانات. ستشهد ما لم تره في حياتك، وما لم يزرك لا في الخيال أو المنام.

أتأمـل كرنفـال ألـوان النـار مشـتعلاً في الفضـاءات، بحيـث مُحيت التخوم بين ألسنة اللهيب المتراقصة وهفهفات الألوان في بوح الأردية والوشـاحات، فأذوب في نشـوة المكان والزمان. ارقصن أيتها الكاهنات، واقفـزن برشـاقة في الهـواء، وحوّمـن عالياً في الأجواء، فالوجود ينتشـي معـي بجماليـات ألوانكـن، وأنتن تلبسـنها للنيران. انظرن كم هو سـرور إلهكـن عظيـم، وقلبـه يرتعش من الوجد لروعة المشـهد، فتكاد الدموع تطفر من عينيه. تقترب مني الغزالة على أجنحة الألوان، وتناديني "إله السـهول العظيم، كنت أظنك متشـرداً نعسان، وها أنت بكامل حيويتك في بذلتـك العسـكرية وأوسـمتها الوطنية، غيـر ضَجِر. ألـن ترقص معنا اليـوم رقصـة النـار؟ الجميع ينتظر وحيـك الناري، وأنـت تراقص ببذلتك العسكرية ألسنة نيران حقيقية، تتصاعد من ذاتك الإلهية".

"لا، مازلت متشـرداً نعسان. لكنني أسـتمتع بسـحر كرنفال الألوان والنيران؛ ألوان نيران عشـقك لي توقظ نيام العين والقلب والعقل. هيا واصلن رقصاتكن أيتها الكاهنات الرائعات".

لا تتوقف الغزالة عن رميي بنظرات الاستغراب، يساورها الشك إن كنت مخدراً أو صاحياً. هي متأكدة أنها أضافت مسحوقها الهاذي لكأس الماء،

وشاهدتني أشربه، قبل أن ترتمي بجسدها عليّ. لكنها لم تدر أنني بدلته في غفلة منها، لحظة خلع غلالتها، فيما كانت تتراقص بإغراء، وتتمايل نشوة لسماعي أخاطبها "إنني ظمآن بشكل غريب للماء ولجسدك".

لست بحاجة لأن أصحو حتى أكتشف مؤامرتك يا غزالة، فأنا دائماً يقظ وحذر. أراك تلعبينها، وأنا مستمتع بها في ضجري الذي يتعبني. الضجر هو عدوي الأول، هو مؤامرة الزمان ضدي. ولقد تخلصت من الأشخاص الذين أشك بولائهم في القصر بدرايتي، عن طريق تفويضك سلطة أمني فيه. كنت أتسلى بمهاراتك في تقديمهم قرابين على مذبح تماثيلي، ومنحي متعة تناول قلوبهم وأدمغتهم، وهو ما لا يستطيع أن يجاريك به البطل "أبو عدنان". والأهم من كل هذا أنني كنت مستمتعاً بهذيانات الألوان وألعابها، وإن أتتني عن طريق سحر حبوبك المهلوسة المثيرة للخيالات الرائعة، لكن ليس إلى ذلك الحال الذي تغلبني فيه، فأشعل النيران في نفسي.

تعود الغزالة إلى الرقص حول النار مع كاهناتها، تسحبها مويجات الموسيقى والحرائق، لكن دون حماس، فقد أعيتها الحيلة كي أرقص وأشتعل بالنيران. لا أحد يستطيع إنهاء حياتي حتى إله الموت، إن كان موجوداً، فأنا رب الأرباب. سيخشاني، ويخشى بذلتي العسكرية بأوسمتها الوطنية.

يقترب مني البطل الوفي "أبو عدنان"، يسألني: "يكاد الحطب أن ينتهي أيها الزعيم الجنرال، والنار تفقد أوارها بسرعة، فهل نبدأ؟".

"لا تدع النيران تخبو، فسيتوقف الاحتفال، وأنا في ذروة الانفعال والنشوة. هل تريد أن تنقطع متعة زعيمك الجنرال؟ طبعاً لنبدأ".

يقترب البطل "أبو عدنان" من أحد الرفاق المنتشين، يمسك به، ويرميه في النيران المشتعلة باضطرام، وسط ذهول "ثائركان"، فيما الرفاق لاهون بهذياناتهم الحماسية النارية، يهزجون ويتمايلون من النشوة. لا بل وأخذ غناؤهم يعلو أكثر، وتشتعل أكفهم بالتصفيق، وهم يرون رفيقهم، الذي تم إلقاؤه في النار، يرقص فيها بحماس. نعم إنه يرقص على إيقاع الموسيقى الحماسية، ويتقافز مع ألسنة النيران التي أخذت تلتهم ملابسه، فجسده، ومعه الذكريات الرفاقية.

انظر إليه أيها البطل "أبو عدنان"، كم هو مسرور نشوان بسعير النيران ورائحة الدخان، يتمايل بجسده، ويتلوى كراقصة بين سكارى حانة. انظر كيف ينحني مشتعلاً بحركات مثيرة فيها سحر ودلال. لكن ماذا يحدث أيها البطل "أبو عدنان"؟ إنه يسقط فجأة، ولا ينهض. غريب أمره، كنت أظن أنه سيواصل الرقص في النار لفترة أطول، وها هو يسقط محترقاً بالكامل، يذوي ويذوب بين جمرات النار. على هذه الحال ستخبو النار سريعاً.

هيا أيها البطل "أبو عدنان"، ألق برفيق ثان، وثالث، ورابع، وخامس، معاً حتى لا ينقطع اضطرام النيران. انظر ما أجملهم كيف يرقصون بحماس، كشباب الأعراس القروية، وهم يتقافزون أمام الصبايا، مشتعلين بالأحلام. انظر كم أصبح منظر النيران بهم أخاذاً، فاتناً، مغرياً، متألقاً، مبهجاً. لدي رغبة شديدة الآن أن أكتب قصائد شعر في جماليات المشهد الذي أراه، أن أنظم موسيقى شاعرية تنبع من الوجدان، أن أنحت من الغيم تصاوير إلهات الألوان.

ما رأيك أيها البطل "أبو عدنان"، لنلق ببقية الرفاق دفعة واحدة في النيران؟ أظن أنهم سيزينون المساحات بتوزيعات نارية أكثر

جماليـة، وسـيضاء القصـر والمدينة بأنـوار أكثر إبهاجاً. طبعـاً، ما عدا، الرفيـق العظيـم "ثائركان". ينبغي أن نخبئ لـه احتفالية تليق بنضالاته الطويلة وإبداعاته في تجميع المسيرات الشـعبية الحاشـدة الكاذبة، المؤيدة لألوهيتي.

انظر أيها البطل "أبو عدنان" كم اشتد اضطرام النيران بحيوية الرفاق المتقافزيـن فيهـا. لكـن مقابل ذلك بهت تأجج ألـوان الأردية والغلالات والوشاحات التي ترقص بها الكاهنات. لنسكب نبيذاً معتقاً على ملابس الكاهنـات، ولنـدع بصيص نار يلتقطها، فتشـتعل، وتنسـاب وراءهن في الهواء سفناً شراعية من الألوان والنيران، تموج في بحر أشواقي الممتلئة وجـداً لمرآهـن. هيا، اشـتعلن أيتهـا الكاهنات بفرح، لأجـل إلهكن الذي تعبدنه، وتعشـقن الموت لأجله. صلاتكن النيرانية تسـعده، تبث الفرح في أعطافه الربانية، وتثير الشاعرية في وجدانه.

هيا يا غزالة، اشتعلي مع الكاهنات، فأنت متوجة اليوم إلهة النيران، لهـذا أنـت الأجمـل والأروع. تركضيـن يـا غزالـة فيلحقنك ألواناً تشـتعل بالنيـران. تلوحيـن بيديـك، فيتوزعـن صفوفـاً، ثـم تبعثرينهـن دوائر من نـار. وأنـا أسـمع صـوت انخطـاف قفزاتهن في الهـواء. انظر أيهـا البطل "أبو عدنان" كيف تتصاعد ألسنة النيران من أفواههن الشهية وعيونهن الناعسة، وتنساب ألواناً دافئة في الهواء العاشق لهن.

أراكن الآن ترتمين أرضاً، متلويات، مرتعشـات شـبقاً بدفء النيران، تشـتعلن بتأججـات مرتجفـة لا تهـدأ. لكـن الغزالـة لا تـزال أكثـر تألقـاً باشـتعالها الساحر، بسـبب كثافة الأردية والوشاحات عليها؛ تقفز وتقفز عاليـاً وتأبى السـقوط، تسـابق النيران في تحليقها نحـو الأعالي، وتحوم هناك مع ارتعاشات قلبي الممتلئ عشقاً لها.

ما هذا الصراخ المريع الذي يقطع انسجامي، وتناغمي، وذوباني،
مع احتفالية تتويج إلهة النيران، أيها البطل "أبو عدنان"؟ إنه صوت
"ثائركان" يجأر. لماذا بدأت احتفاليته باكراً دون أن أعرف؟ ماذا؟
عناصر المرافقة الأوفياء لا يسعهم الانتظار، بلغ الهياج بهم أقصاه
بسبب دفء النيران، ونحن وعدناهم. نعم وعدناهم، لكنهم بدأوا
سريعاً. كيف سأتابع احتفاليتهم مع مشهد اشتعال الكاهنات
بالفرح الملتهب؟ على كل الأحوال، أرجو ألا يكون قد فاتني الكثير
من بطولتهم.

أرى عناصر مرافقتي الشجعان، يصطفون برتل عسكري منتظم
منضبط وراء "ثائركان"، المنحني على ركبتيه ويديه ككلاب الصيد
الجميلة، وقد انكشفت مؤخرته للعراء، تتألق عليها ألوان النيران.
أراهم، أبطالي الشجعان، وقد أخرج كل واحد منهم قضيباً عملاقاً
رائعاً، لم يأتِ بمثله زمان. بالتأكيد، اصطحبوه معهم من بلاد
الغرائب والعجائب.

كيف هي مؤخرته يا شباب؟ جافة ويابسة. اصبروا قليلاً، ستصبح
طرية بعد أن تتمزق وتنزف دماً. هيا، اقتحموا بوابة المعركة بحماس،
واذهبوا فيها عميقاً وبعيداً. أنا أعطيكم فرصة تاريخية لن تتكرر، فهذا
آخر رجالات الثورة التي خمدت إلى الأبد. استغلوا الفرصة فلن يعود
هناك لا ثورات، ولا أيديولوجيو ثورات، فأنا فقط الموجود، والمستمر
الخالد إلى الأبد.

لماذا تتزاحمون وتتدافعون عليه هكذا يا شباب؟ حافظوا على
الانضباط العسكري، وأنتم تأخذونه. لماذا أراه يسقط منبطحاً؟ لم

يعد يستطيع الاحتمال! غريب، أعرف أنه قائد ثوري صلب. يبدو أنكم تخترقونه بعنف. أنتم تحقدون على ثورته، وتريدون الانتقام منه. ترفقوا به، لقد أخذ بكم الهياج كل مأخذ، لقد التصق بالأرض وذاب تحتكم، لم يبق منه سوى خيال.

انهضوا يا شباب، أنتم تهتزون فوق أرض جافة. ماذا، لا تستطيعون؟ أعضاؤكم لازالت منتصبة، أثارها دفء الحرائق. ماذا أفعل لكم؟ من أين أحضر لكم قادة ثوريين؟ قلت لكم لقد انتهى معي عهد الثورات. ليس أمامكم إلا الكاهنات المشتعلات. ربما لازال بهن بعض من بصيص الحياة. هيا اسرعوا إليهن، فبعد قليل سيذبن، ولن يبقى منهن إلا الرماد. هذه متعة لا توصف، وأنتم تنامون مع أجساد مشوية، بفروج يختبئ فيها اللهيب والدخان، أليس كذلك؟ تتقطع وتتفتت تحت طعنات قضبانكم الشجاعة، وتصلون إلى نشوة لم تعرفوها أبداً.

انظر إليهم أيها البطل "أبو عدنان"، ما أجمل منظر الشجعان، وهم يمتطون أحصنة الريح المشتعلة بالدخان، ينتشون في لحظة الاستكانة الأخيرة لسباياهم، فيهدؤون معها.

لكن ما بها هذه الغزالة التي تتراقص كما في الأحلام، لماذا تركض نحوي، هي والألوان والنيران؟ ألا زالت بها حيوية، تتقافز بها أمامي، في آخر رمق حياة؟ هيا، اقتربي من عرشي حتى أتأملك بوجد ووله عاشق، وأنت تشتعلين. لكن ماذا تفعل هذه المجنونة، إنها ترمي بنفسها عليَّ، هي وألوانها ونيرانها. تريد أن تشعلني معها بحرائق الاحتفال!

ابعدوها عني.

أين أنت أيها البطل "أبو عدنان"؟ لا أرى منك إلا الدخان. حتى أنت مشغول بجسد كاهنة تشتعل! والمرافقة؟ ينتظرون بلوغ النشوة مع بقايا أشلاء الكاهنات! أيها الحقيرون، اتركوهن، وتعالوا لإنقاذي، ماذا تنتظرون؟

لقد وصلت إلي الغزالة، تجاوزت المكان والزمان. إنها ترتمي فوقي، هذه الحقيرة المسلولة، مثل كلبة أصابها السعار.

أنقذوني، اشتعلت لحيتي التاريخية بالحريق والدخان. لتحترق لحيتي، ولتذهب معها الممالك والسلطنات، وحمامات الرخام المليئة بالجواري. أنا أريد الخلاص أصلاً من اللحية، ومن هذا التاريخ العفن. لكن انتبهوا، لقد وصلت النيران إلى البذلة العسكرية بنجومها وأوسمتها، إنها تشتعل أيضاً. لا، هذه مصيبة وطنية، فهي التاريخ والحاضر والمستقبل، ماذا سيبقى مني بدونها؟ ماذا سيبقى للأوطان؟ وكيف سيخضع لي العسكر بدون رنين وصليل أوسمتها؟ هيا بسرعة أنقذوا البذلة العسكرية، قبل أن تنقذوني، أيها الحقيرون.

لكن لماذا تلقون عليّ تراباً؟ امتلأ حلقي بالغبار، وغامت عيناي بالظلام. ألم تجدوا إلا تراباً تطفؤون به النار.

انظروا ماذا حدث للبذلة العسكرية، لقد امتلأت بالثقوب السوداء، واسودت النجوم والأوسمة الوطنية عليها، واسودت معها سماء الوطن. مزرعتي لم تعد خضراء، وإنما سوداء.

أين هذه الكلبة الحقيرة؟ أعرف أنكم أبعدتموها عني في اللحظة المناسبة، وكنتم مضطرين لقطع نشوتكم. لكن أين هي؟ إنها تشتعل هناك على الأرض. هيا ابتعدوا عنها، ودعوها لي.

أيتهـا الغزالـة، كانت احتفالية جميلة، جعلتني أنتشـي فيها بسـحر غريب، لم أختبره في حياتي كلها. لا أشـعر اليوم أبداً بالملل والضجر، لكننـي أرى أن جسـدك مـا زال جميلاً، وهو يشـتعل بالنيـران وألوانها، والدخـان يتصاعد منه، كما في مواقد الشـتاء الحجرية.

كأننـي أراك تختلجيـن بآخـر رمـق حيـاة. هـذا مـا يجعلنـي أشـعر بالحـب نحـوك. أرغب بك أكثـر، كما في ليلتي النبيذيـة الماضية معك. يعاودنـي الانتصاب لمرآك، ولذكرياتـي الليلكية، والقرمزية، والفيروزية، والأرجوانية، والفسـتقية، في هلوسـاتنا، فأنا زعيم هؤلاء الشـباب الذين تناوبوا على أشلاء كاهناتك. ألا يحق لي أن أستمتع مثلهم؟

هيـا ابتعـدوا كـي أسـتلقي فوقهـا، فالهيـاج بلـغ بي أشـده. لكني أرى أنـه لـم يبقَ لهـا فرج أخترقـه بعضوي، فقـد ذاب اللحم. لأغرزه في أي مكان. وها أنا أعانقها بحب، وأغمرها بكل شـبق، وأدخل في لحمها بعمق.

مـع أن رائحـة الشـواء هذه التـي تتصاعد منها غريبـة، فهي ممتعة، تثير شـهيتي دون حدود، وأنا جائع منذ بداية الاحتفال، أحاذر الاقتراب من اللحم المسـموم. وهذا، على العكس، لحم غزالة شـهي طازج، دون توابـل مريبـة. أقتـرب بفمـي مـن رقبتهـا، أنهش قطعـة، وأتبعهـا بثدي. ما أطيب لحم الغزالات.

أرتعـش بنشـوة فـوق جسـد الغزالة، وأنا أهتـز فوقها، فيما ينشـغل فمـي بنهـش الطعـام. ومـا إن وصلـت إلـى ذروة المتعة حتـى كنت قد التهمت نصف الصدر.

الآن، رجعتُ إلهاً حقيقياً، وزعيماً جنرالاً.

(5)

عندما تمطر السماء دماء . كوابيس

ظلمـة حالكـة تخيـم علـى وكـري الصغيـر، فـي سـرداب المتاهـة، المتصـل سـراً بغرفتـي الشخصية. ظلمـة تنسـج فيـه غلالاتهـا السـوداء السـميكة فـي صمـت سـرمدي، يرخـي بثقلـه علـى المكان، فيجعلـه ينسـل مـن مسـير الزمـان. لا صبـاح ولا مسـاء، لا نهـار ولا ليـل، لا دليـل زمـن، فقـط ظلمـة تمتـد وتمتـد عميقـاً بـلا نهايـة، والهـواء دون صليـل، تسـوح فيـه أنفاسـي المبعثـرة دون ظلال.

أبحـث فـي ظلمـة السـرداب عـن الهـدوء والسـكينة، هاربـاً مـن مواجهـة الضـوء؛ مـن مواجهـة ذاتـي، ورعشـات خوفـي المنبثـق مـن أعمـاق العـدم البدئـي فـي وجـودي، حيـث يتفتـت القلـب حزينـاً فـي تخـوم الحيـرة التائهة.

أتوحـد مـع الظلمة، وأتقـدم فيهـا بهـدوء وثقة، عارفـاً دربـي بسـهولة، حتـى أصـل سـريري العسـكري الصغيـر، المرمـي فـي ركـن جانبـي. أعـرف مكانـه، دون أن أراه أو أتلمسـه، فأرتمـي عليـه، لتتلقفنـي برودة صامتة عميقـة، فأسـتكين مستسـلماً للسـقوط فـي لجـة دون نهايـة أو صدى.

أسقط وأسقط، ولا أصل، أكره الوصول إلى النهايات، لأنني لا أنتهي، أنا الزعيم الجنرال ذي الأصول السماوية. إنما لسوء الحظ فإن خوفي وحزني لا ينتهيان أيضاً. وأغلب الظن أنني إذا ما غادرت هذا العالم بإرادتي، فإنهما سيلاحقانني أينما ذهبت.

لم يعد أحد من الأحياء يعرف بسردابي، فقد تخلصت من كل من جهزه لي ملجأ سرياً، ورميتهم في بئر عميق، يقع في نهايته. كل من يدخل إليه لا يخرج، يضيع في متاهته، ويختفي مسافراً إلى بلاد الظلمات السفلى، عبر فخاخ بئري. ومنذ أن قطعت عنه أي بصيص نور، كي أجد ذاتي في العتمة، لم أعد أعرف منه سوى دربي إلى السرير.

هنا، أتمدد على سريري، دون خشية من أن يداهمني أحد بطلقة مسدس أو طعنة مدية، في إحدى إغفاءاتي الليلية، ممن ينتظرون متلهفين نومي النهائي. هنا، لا عشيقة تلتف عليَّ طوال الليل بجسدها العاري كأفعى لا تستكين، عسى قواي تُنهك حتى الحضيض، فأنام ولا أصحو. هنا، أغرق وحيداً في السرير، بعد أن أترك الجميع، يطفون في متاهة غيابي.

هنا، لا يحدثني المستشارون عن ابتسامات تماثيلي، كيف تعطي الألق للساحات، والشوارع، والمباني الرسمية، والاجتماعات الوطنية، فيما تحيرني تعليقاتهم عن السر العميق لسحرها. لا تزال تبتسم، فيما أنا عابس، مكشر، مقطب الجبين. أليست هي نسخة مني، ونفحة من روحي تتلبسها، فما هو سر ابتساماتها؟ يقولون لي برياء: "الابتسامات الجذلى لتماثيلكم هي تعبير بليغ عن الثقة، والجرأة، والإقدام، والشجاعة، التي تعتمل في داخلكم، أيها الزعيم الجنرال".

مـع ذلـك، لا أستشـعر في داخلـي إلا الخوف، والقلـق، والاضطراب، والضيـاع. ولِـمَ لا، والجبـن، واللـؤم، أيضـاً. وتماثيلـي متواطئـة معـي، لا تفضحني، لا تفضح ما يعتمل في داخلي، إذ تبقى مبتسمة. أما هنا، في الظلمة، فلا أعود أسـمع شـيئاً عن سـحر ابتسـاماتها. لا أدري هل تشعر مثلي بهذا الخوف المبهم الغامض، المنبعث من الأعماق؟

هنـا، فـي الصمـت، لا أوامر بإطلاق الرصاص علـى كل ما يتحرك في الشـوارع ضدي، ليطغى أزيزه على الشـواش الذي يمزق رأسي. لا أوامر بسـلخ جلـود الأحيـاء المعارضين، كي تهدأ روحـي المعذبة الخائفة من وجودهم أحياء. لا أوامر بحرق جثث الأموات، كل الأموات، كي تذروها الرياح رماداً، فربما تستكين كوابيسي التي تلاحقني فيها أطيافهم.

هنا، المكان الوحيد الذي يمكنني أن أخلع فيه بذلتي العسـكرية، بنجومها وأوسـمتها الوطنية، وأعود عارياً، فلا أحد يراني دونها، ولا أنا أيضـاً أرى نفسـي بهـا. مـع ذلك، لا أخلعهـا، أتمدد بها كاملـة، بما فيها الحذاء الثقيل، فكيف أواجه رعشات خوفي وحزني، اللذين سينقضان علـيَّ بوحشـية، مـا إن يريانـي عاريـاً دونهـا، فينشـبان مخالبهمـا بـي. أجهد، كي لا أغرق في النوم عميقاً، فيما يجلسـان قربي على السـرير، متوفزين، ينتظران اسـتيقاظي، كي ينقضا عليّ، ويتلبسـاني من جديد. وعندما أصحو من كوابيسـي، أكتشـف أن عرقي يختلط ببولي، فيتزين حوضـي بحريـق الأملاح، ورائحـة نتنـة تثيـر بـي الاشـمئزاز، تفوح من جسدي، من وجودي.

كأن إنهاكاً شـديداً ونحولاً غريباً أصاب جسـدي، بحيث أخذ يذوي ويذبل، فيما اكتسـب وجهي شـحوباً دائماً ونظرات زائغة. إلا أنني لم أشـعر بدايـة بهـذه التحـولات، فالمستشـارون، الذين يحومـون حولي

دائماً بابتساماتهم المرائية، يخاطبونني "أيها الزعيم الجنرال، كم هي طلعتكم بهية ومشرقة في هذا اليوم، تسكب الفرح والأمل على كل ما حولها".

لكن حارسي الشخصي الذي لا يغادر باب غرفتي، وكأنه استشعر ألفة معي لطول مرافقته لي، مع أنني لا أبتسم لأحد، يتجرأ ذات مرة، ويخاطبني بغرابة: "سيدي الزعيم الجنرال، يبدو أنه من الأفضل تبديل بذلتكم العسكرية بواحدة أخرى أصغر مقاساً".

ثم يردف متلعثماً، وهو يرى الدهشة والانزعاج على وجهي مما قاله: "أقصد أكبر من مقاس جسدكم، الذي أصبح أكثر رشاقة وتوهجاً".

لكنه كان قد نطقها، عبارته الغريبة.

أسارع إلى المرآة في غرفتي، أنظر إلى انعكاس صورتي فيها، فأكاد لا أتعرف على نفسي. بالتأكيد، هذا لست أنا، إنما شخص آخر تقتحم صورته المرآة بدلاً مني، ويبدو فيها أقرب إلى هيكل عظمي، بجمجمة ذات محجرين فارغين. تتهدل البذلة عليه واسعة جداً، فضفاضة، متراخية، وقد طالت أكمام السترة، وتمسحت أطراف البنطال أرضاً. غريب، بالكاد كنت أستطيع شد حزام بنطالي، وبصعوبة أعقد أزرار السترة بالعروات، معاندة الدخول فيها، بعكس ما أفعله الآن. أما الأوسمة العسكرية، فتتدلى الآن من البذلة دون صليل متألق، كأنها لجام بغل مهترئ. بالتأكيد، الصورة في المرآة هي لشخص آخر.

ألا يسمع هذا الحارس اللعين ما يتحدث به المستشارون ليل نهار عن طلعتي البهية المشرقة؟ على الأغلب، أصابه التعب من عدم مغادرته باب غرفتي ليل نهار، بل وينام أمامه، دون أن يغلق

جفنيـه. لـذا، تتـراءى لـه توهمـات وهلوسـات. ولِـمَ لا، فقـد يكـون مشـاركاً فـي مؤامـرة ضـد طلعتـي البهيـة المشـرقة. ويبـدو هذا من تعابيـر وجهه المترددة.

أُخرج مسدسي من جيبه المعلق بحزامي، وأطلق النار على المرآة، فيتناثـر حطامهـا ضجيجاً على الأرض. يسـارع الحارس إلى دخول الغرفة علـى صـوت الرصـاص، مدعيـاً الخوف علـى حياتي، ليفاجـئ بطلقة من مسدسي في رأسه مباشرة. يسقط مضرجاً بدمائه، دون أن يفارق الذهول وجهـه، كأنـه يسـتغرب اكتشـافي سـريعاً مشـاركته فـي مؤامـرة ضدي.

بعـد أيـام، أمـرّ أمـام المـرآة الجديدة، التـي نصبت بـدل القديمة، ألتفـت إليهـا ممعنـاً النظـر فيهـا. تبـدو وكأن قبضـة رجـل غاضـب قد نالـت منهـا، فقد تشـقق زجـاج نصفها العلوي فـي المنتصف، لكنه لم يسـقط. بقيت كسـرات شـاحبة، فقدت ألقها من تراكم الغبار، ونالتها مـن الإهمـال بقع حمراء، يغالبها السـواد هنا وهناك. أثور صارخاً على الإهمال، فيلتم الحرس الذين يتفهمون بصعوبة المشـكلة، وسـرعان ما يسـتبدلونها بمرآة أخـرى، ويفرون متراكضين من غضبي.

يفاجئنـي إحضارهـم مـرآة شـبيهة بالسـابقة. هـل يسـخرون مني إلـى هـذه الدرجـة؟ تصطـف أمامـي مـرآة ثالثـة، ورابعة، وخامسـة، وجميعهـا بالتشـويهات نفسـها. أقترب من واحدة، وأتلمس سـطحها، أجـده أملسـاً، ناعمـاً، كأنـه لا مـزق كسـرات فيـه. لكنهـا موجـودة، تنعكـس فيـه. فجأة، ألاحظ أنها تنـزاح بحركتي أمامها، بحركة وجهي. هل هذا معقول؟ مزق الكسرات هي في وجهي، وليست في المرآة. وجهـي هو الممزق فـي جميعها.

وجهي محفور بالتجاعيد العميقة، خداي متهدلان بتكاسل، شفتاي متدليتان بقرف، انتفاخات، ونتوءات، وزوائد، وفتائل، وحفر، وشعيرات بيض. وهذه البقع الحمراء المسودة هي التي تملأه، لا المرآة. هذا وجه شخص آخر.

المرايا في حكايات الجدات القديمة تعكس صور شياطين، ومسوخ، وعجائز خرفين، ومصابين بالطاعون. لكن بالتأكيد هذا ليس أنا. وصوري التي تزين شوارع البلاد وسفوح الجبال، والمطبوعة على العملات الورقية والوثائق الرسمية، تشير إلى أنني شاب، جميل الطلعة، بهي المحيا، بجمال أخاذ، وقوة جسدية خارقة، أنيق، ذو ابتسامة ساحرة، ولا توجد شعرة بيضاء، لا في ذقني ولا رأسي، فماذا يحدث لي؟

هذه المرايا كاذبة، مسحورة بتعاويذ متآمرين. أضرب إحداها بقبضتي، تصبح يدي مدماة. أمسك بكرسي وأحطمها به، أحطمها جميعها. يتساقط الزجاج على الأرض، مبعثراً بمئات الكسرات الصغيرة، وكل واحدة منها تحمل انعكاس وجهي الكئيب. مئات الوجوه تتناثر على الأرض، تلاحقني بنظراتها كيفما تحركت. أدوسها فتتفتت إلى وجوه أصغر، وأصغر. يصيبني الهذيان، أبعثرها بقدميّ في جميع الاتجاهات، فتتزين بها كامل الأرضية، بوجوه مشوهة لانهائية.

أصبحت أتحرك بتثاقل، عندما أسير في جنبات القصر، أجرّ بذلتي المتهدلة معي. رائحة الجو حولي فاسدة، نتنة، عطنة، تعشش في أنفي، في رأسي، تثير بي القرف والرغبة في الإقياء، أينما تحركت. غرف القصر وممراته معتمة، باهتة، كئيبة، تخيم عليها ظلال الشك، والقلق، والخوف، تخيم على قلبي المضطرب.

أتمشى في الممرات الفارغة، أرى حجارة المرمر والرخام قد فقدت ألقها، كأنها انطفأت، والزهور ذابلة في أصصها، دون ألوان، لا تنهض معرشة. صفوف النمل تنتشر في جميع الاتجاهات، تذهب وتجيء بخطوطها الطولانية، تصعد وتهبط، كأنها تجول دون هدف، إلا أنها تحاذر الوقوع في شباك العناكب التي غطت بشكل غريب زوايا الجدران. كذلك أنا أحاذرها، إذا ما أطرقت ببصري إلى الأرض، وسهوت للحظات عما حولي، فسرعان ما سترمي شباكها عليّ أيضاً، تريد أن تنفذ سمها بي، وتشلني. ولِمَ لا، فقد تكون هي أيضاً جزءاً من المؤامرات التي تحاك ضدي، ولا تنتهي.

أسمع هسيس ثياب في الجنبات، يلحقها انسحاب نعال هامسة. كأن مسيري يفاجئ المختفين في الظلال، ينسلون بخفة، هاربين من ملاقاتي. أين العشيقات، والمناضلات الثوريات، والكاهنات، اللواتي لم أكن أعرف أعدادهن؟ هل من المعقول أنني أرسلتهن جميعاً إلى بلاد الظلال!

حارس جديد أمام باب غرفتي، يغفو، وبعمق، لم يلاحظ خروجي منها قبل قليل، فاستمر يغط بنومه. أشعر بالراحة، وأنا أراه، وقد أغمض جفنيه في أثناء النوم. هذا يعني أنه لم يشارك بعد في مؤامرة ضدي، لكنه سيشارك قريباً، وسأجد طريقة، كي أتخلص منه. ليغط في نومه أطول وقت ممكن، بعيداً عن ملاحقته لي بعينيه بدعوى حمايتي.

أشعر بملل، وضجر، وسأم، ونزق، وقرف، من كل شيء، وأحياناً من نفسي. لم يعد هناك أحد حولي من الوجوه القديمة، ذهبت جثثهم جميعاً إلى البطون النهمة للحيوانات الشاردة في مزابل المدينة.

والوجـوه التـي أراهـا حولـي هي جديـدة، تأتي كل صباح بابتسـاماتها، و"احترامنا أيها الزعيم الجنرال، المشرق الوجه، ذو الابتسامة الساحرة".

ثم تذهب، وتلحقهم مختفية في بحر الظلال.

أستيقظ ذات صباح، فأجد نفسي دون عضو ذكري وخصيتين. أبحث عنهم طويلاً داخل بنطالي، فلا أجدهم. أبحث في الغرفة، تحت السرير والطاولـة، ربمـا قـد سـقطوا مني فجأة في مكان مـا، وتدحرجوا هناك، لكن دون جدوى.

أنظر إلى عانتـي، فـأرى ثقباً صغيراً مفتوحاً في أسـفلها، بدلاً من عضوي، لا يتوقف سيلان البول منه، ولا يمكنني إغلاقه. أعرف الآن لماذا يبقى بنطالي ملوثاً باستمرار، وخيط ناعم دافئ من البول يلحقني على الأرض أينمـا سـرت؛ في الغرف والممرات، وتتجمع تحتـي بقع منه في الاجتماعات. كنت أظن في البداية أن هذا حدث عابر، وسيعاود العضو على الأقل الظهور في مكانه من جديد تلقائياً.

في هـذا الوقت، تدخـل الخادمة الصغيـرة، التي لا يتجـاوز عمرها خمسـة عشـر عامـاً، إلـى غرفتي الشـخصية، كي تنظفها. وتبدأ بمسح الغبار عن طاولة، وهي منحنية عليها. أتذكر أنني منذ زمن بعيد لم أعد أنام إلا مع الخادمات، بعد أن تركت العشيقات، والرفيقات، والكاهنات. ثـم أقلعت عن النوم مع النسـوة جميعهن، كأن الرغبة في جسـدي قد تلاشـت نحوهـن. إلا أن الوضع المنحني المغري لهذه الصغيرة، بثوبها القصير، يستدعي أن أقفز عليها، حتى لو لم أشعر بالإثارة.

أقتـرب مـن الخادمة الصغيـرة، فتفاجأ بـي خلفها. وبخبـرة تاريخية وطنية متراكمة لديّ، أبقيها بمهارة منحنية أمامي.

أرفع ثوبها الرقيق سريعاً، وأنزل سروالها الناعم أرضاً، قبل أن تلتقط أنفاسـها، وتفكـر بـالإفلات منـي. تبدو مؤخرتهـا صغيرة متكورة، سـمراء شـهية، لكنها ترتجف مع كامل جسـدها، كأنها مذعورة مني. ثم ألاحظ أنها تسد أنفها، وتكاد تتقيأ، فيما لا تتوقف عن الارتجاف.

أسألها بنزق: "ما بك يا صغيرة؟ لماذا تسدين أنفك؟".

تجيبني: "لا شيء، أيها الزعيم الجنرال، إنما أشم رائحة غريبة".

"من أين تأتي؟".

"عبر النافذة".

"أي نافذة يا غبية، لا توجد في غرفتي نوافذ. ولماذا ترتجفين؟".

أفك حزام بنطالي المتهدل، فيسـقط سـريعاً، ويبدو نصفي الأسـفل عاريـاً. يفاجئنـي أننـي لا أزال دون عضـو، ومكانـه أسـفل العانـة يوجد الثقـب الصغيـر، الذي تسـيل منه باسـتمرار قطرات بول. أمسـد العانة، فربما ضمر إلى الداخل. لكن دون نتيجة، لا أجده. تتلوث يدي بالبول، فأشـعر بالاشـمئزاز من الرائحة، ولا أجد إلا أن أمسحها بمؤخرة الخادمة الصغيـرة بقـرف. كأن البلهـاء تعبت من الانحناء أمامي، فتسـألني: "هل تريد أن أساعدكم، كي ينتصب، أيها الزعيم الجنرال".

أجيبها بنزق: "لقد ضاع".

"ما الذي ضاع؟".

"أبحث عنه، ولا أجده".

"هـل تريـد أن أبحـث معـك عنه، ربما نجـده تحت السـرير، أو في إحدى زوايا الغرفة".

"عمّ تريدين أن تبحثي أيها الغبية؟".

"لا أدري، عن الشيء الذي ضاع منك".

تقول عبارتها الأخيرة، وهي تنتصب لتساعدني في البحث. تلتفت فجأة نحوي، فتراني دون عضو ذكري. لم أشهد ذهولاً شبيهاً على وجه أي فتاة في حياتي، كما في تلك اللحظة. تفتح فمها، وتجحظ عيناها، غير قادرة على رفع نظراتها عن ثقب البول، وهي تشير بإصبعها الصغير إليه، وقد اختنقت الكلمات في حلقها.

الزعيم الجنرال، حبيب النساء كلهن، اللواتي يحلمن به، سواء مارسن العادة السرية، أو نمن مع أزواجهن أو صديقاتهن، دون عضو ذكري! شيء لا يصدق. ماذا سنفعل بالوثائق الرسمية في الأرشيف الوطني التي تقول إن لي عضواً هو الأكبر، والأضخم، والأجمل، والأكثر إثارة، وليس له مثيل في أي مكان وزمان؟ هذه فضيحة وطنية مجلجلة، وقد كشفتني هذه الخادمة الصغيرة. ينبغي التخلص منها مباشرة، وسأبحث عنه بعد ذلك.

أفتح باب الوكر المظلم، أدفع بقدمي الخادمة الصغيرة فيه، وهي لا تزال مذهولة، وقد فقدت القدرة على الكلام. أسمعها تتدحرج على الأرض، وهي تموء بتمتمات، وأغلق عليها الباب. ستنهض، وتتجول في الظلمة إلى أن تصل إلى بئر الأموات، فتسقط فيه، وتذهب إلى بلاد الظلال، وتنسى ما رأته.

مع معرفتي أن الخادمة الصغيرة قد سقطت في بئر المتاهة، وانتهت حياتها، إلا أن عويلها الجارح لا ينفك يلاحقني في نومي، بحيث أضحى كابوساً ثقيلاً يرافقني. يوقظني، فلا أراها، لكن نشيجها يستمر

في الظلمة. وبدلاً منها، ألمح في الظلمة أطياف حشود من الناس، رجال ونساء وأطفال، بوجوه صارمة، تنظر إلي بعدائية. لا أحد من الأحياء يستطيع الوصول إلى وكري، فمن أين ينبثق هؤلاء؟

أسأل مستشاري الديني الجديد: "أين يذهب الناس بعد أن يموتوا؟".

يجيبني بثقة: "إلى الجنة طبعاً، أيها الزعيم الجنرال، إن كانوا من مؤيديكم وأنصاركم، وينالون فيها أعلى الدرجات بقدر محبتهم لكم. وإلى جهنم إن كانوا من المتمردين عليكم، ويلاقون هناك أسوأ أنواع العذاب حسب درجة التآمر عليكم".

"وهؤلاء الذين يدفنهم عسكري أحياء بأجسادهم الكاملة تحت التراب، هل يمكنهم العودة إلى الحياة هنا على الأرض ثانية؟".

"طبعاً، يستطيعون العودة إلى الحياة، إذا ما قررتم أنتم ذلك".

"وهل يعودون بأجسادهم، كما دفنوا بها؟".

"يختلف العلماء الفقهاء في هذه المسألة، فبعضهم يرى أنهم يعودون أرواحاً، وهذا الرأي سنده ضعيف، والبعض الآخر يعتقد جازماً أنهم يعودون بأجسادهم التي دفنوا بها، وهذا الرأي سنده قوي. على كل الأحوال، فأنتم أيها الزعيم الجنرال من يقرر شكل عودتهم، حسب رغباتكم".

إذاً، هؤلاء المدفونون أحياء يمكنهم العودة وملاحقتي في قبوي.

يقول لي مستشاري الأمني الجديد: "أيام معدودة، وتنتهي عملياتنا ضد عصابات الظلال، أيها الزعيم الجنرال، فأعدادهم تتناقص بسرعة، وهم ذاهبون إلى النسيان مع دخان الحرائق".

"تعدني كل يوم باقتراب الحسم النهائي، أيها الغبي. بناء على حساباتك، ستفرغ البلاد من السكان، ومازال هناك متمردون. كم هي أعداد القتلى منهم يومياً؟".

"يقارب العدد اليومي ألف إنسان، ندفنهم أحياء، بكامل ألق جسدهم الإنساني، بناء على تعليماتكم الرحيمة، كي تصلكم التقارير الأمنية نظيفة من الأشلاء والدماء. بل ونسمح لهم بالاستحمام قبل رميهم في القبور الجماعية، وإهالة التراب عليهم. إليكم الآن التقرير الصباحي "أيها الزعيم الجنرال، لقد جمعنا من المتمردين مئة شاب، جميلي المحيا، وبعمر الرجولة، وثمانين فتاة عذراء، يعبقن بالحياء، وسبعين طفلاً، أجمل من الورود. وتم دفنهم جميعهم أحياء، بعد أن عطرناهم برائحة الفل والياسمين".

لهذا يصلون إلى وكري بأجسادهم، ولا يدعوني أنام. لتتغير أوامري، ولأنسى الرأفة بالمتمردين على سلطتي.

"الحصيلة اليومية هي الآن مئة طن من أشلاء الجثث التي تمزقت بالقصف، أو احترقت وتشوهت بالنيران، مع مئة طن من لحم مفروم يتم نزعه من جنازير الدبابات. هذا هو التقرير اليومي بناء على تعليماتكم الجديدة، فأنتم لا ترغبون بعد الآن أن يموت الناس بأجساد سليمة".

هذا جيد، لن يستطيع المتمردون الآن الوصول إلى وكري، لأنهم يموتون دون أجساد.

أعود متثاقلاً إلى ظلمة وكري، حيث أغوص في ظلمة نفسي، وأسقط في هوة سريري. لكن هذه المرة، ما إن يهاجمني عويل

الخادمـة الصغيـرة حتى يفاجئني سـقوطي في خليـط من أشلاء وعظام بشـرية ممزقة بالكامل، تغمرني إلى حد الاختناق. سـرعان ما أتحسـس دماءهـا اللزجـة في عينـيّ، ورائحتها العطنة في أنفي، وطعمها الفاسـد في فمي. أحـاول النهوض، وأنا مذعـور، وأسـعى جاهداً للخروج منها. لكننـي أغـوص فيهـا أكثر، إذ إن كتلاً جديدة تلقـى فوقي، وتدفعني إلى الأعماق. وبقدر ما أغوص فيها، أتحول أنا معها إلى أشلاء ممزقة، مدماة، مطحونة العظام، تتلاشى بين الكتل. ثم يطبق علينا ظلام التراب بجنون، وتبدأ ديدان ضخمة وحشية بالتهامنا.

أصحـو مـن كابوسـي بحالـة مزريـة بائسـة، فبالإضافـة إلـى أن العرق يتصبـب بغـزارة من كل جسـدي، وتبولت علـى نفسي، فقد ملأ الإقياء وجهي، وسـترتي بأوسمتها الوطنية. تغمرني الروائح العطنة في الظلمة، تمزق روحي، تدفعني من جديد إلى الإقياء، لكن المعدة فارغة، فتصاب بتشـنج مؤلم. لم أرَ جسـداً في حياتي بهذه القذارة. هذا ليس جسـدي، وينبغي التخلص منه حتى أنجو من قذارته.

كل هذا بسـببك أيها المستشار الأمني اللعين، أنت وكتلك البشرية المدماة الفاسـدة. وحشـي ودموي أنت أيها المستشـار. كيف سـأهرب الآن من رائحة كتلك اللحمية الحقيرة التي تلاحقني في الكوابيس؟

سـأعطي الأوامـر منـذ الآن بإذابة المتآمرين بالأسـيد كـي لا يبقى منهم جسـد، أو طيف، أو روح، أو جوهر، يهددني، قبل أن يلاحقوني إلى وكري.

يقـول لي مستشـاري العسـكري الجديد: "إنّنا نقضـي على جميع المتآمريـن أيها الزعيـم الجنرال، كنا ندفنهـم سـابقاً أحياء تحت

التـراب، والآن نذيبهـم بالأسـيد في المعتقلات، حسـب أوامركم، فلا يبقـى منهم أي أثر".

رغـم ذلك، مـا إن أعود إلى وكـري حتى تفاجئني هـذه المرة مئات الأيدي الوحشية التي تنبثق من الظلمة، وهي تحمل عصياً غليظة قاسية، تلـوح بها. كأن الوكـر أصبح ممتلئاً بمئات الغاضبيـن الذين يجأرون في الظلمة بشتائم شرسة. يصيبني الهلع، فأتراجع، وأنسحب من السرداب، عائداً إلى غرفتي، قبل أن ينالوا مني. وأرتمي على الكرسي في الغرفة، منهاراً محطماً.

ماذا يحدث لي أنا أيضاً؟ لماذا أرتجف بشـدة، وتنتابني القشـعريرة، ومعدتي تتشـنج بألم شـديد؟ من أين هذه الرائحة الكريهة؟ يبدو أنني أصبت بإسـهال، وبللت بنطالي العسـكري! لم يكن ينقصني إلا هذا، أنا الزعيم الجنرال.

أصرخ غاضباً بمستشاري العسكري الجديد اللعين: "لكن جثثاً تبقى هناك، أنتم لا تذيبون جميع القتلى".

يتلعثم، وهو يعلن: "طبعاً، توجد جثث كثيرة لأناس غير متآمرين. هـؤلاء يموتون بالخطـأ، لأجـل مجدكم أيها الزعيـم الجنرال، نتيجـة القصـف العشـوائي المنهـال على البيـوت يموتـون، فلا نذيبهم، ويتم دفنهم في المقابر".

أستدير إلى مستشاري الديني الخبيث، وأسأله: "كيف تدفن هذه الجثث في المقابر؟".

هـذا الماكـر يجيبني دائماً بثقة، وابتسـامة الثعلب لا تفارق فمه: "بسـبب العدد الهائل من هؤلاء القتلى، يحفر الأهل والأصدقاء خنادق

كبيرة، يصفّون فيها الجثث أو بقاياها دون أكفان، ثم يهيلون فوقهم التراب. أنا أفهمكم أيها الزعيم الجنرال، فكما شرحت لكم سابقاً إن الأموات لا يعودون إلى الحياة، إلا إذا رغبتم أنتم بذلك".

أيها المستشار الديني اللعين، يبدو أنك تقترب من فهم ما يحدث لي في كوابيسي. نهايتك اقتربت رغم أجوبتك الظريفة.

أسأله من جديد: "وعندما يدفن الأهل والأصدقاء الجثث، بماذا يتحدثون؟".

"لا شيء مهم، أيها الزعيم الجنرال. يتحدثون عن إله آخر غيرك، لا يستطيع فعل شيء لهم. مع ذلك يبكون ويذرفون الدموع مدراراً، وهم ينشدون له أغاني دينية حزينة، دون معنى، ويكررونها دون فهم، ويشتمون".

"يشتمون من؟".

"لا أدري، فهم يشتمون بعويل وصراخ".

يتدخل المستشار الأمني الجديد: "نحن نعرف أيها الزعيم الجنرال، هذا عمل جهازي الأمني. إنهم يشتمون أحد الأغبياء الوهميين، وهم يرددون أنه سرق خبزهم، وأهان كرامتهم، وحرمهم حريتهم. وتحرياتنا الأمنية الدقيقة، تدل على عدم وجود هذا الشخص في ظل رعايتكم للوطن".

"الأغبياء هم أنتم أيها المستشارون. هؤلاء الذين يدفنون الموتى هم المتآمرون، إنهم يقصدوننا بالشتائم، ويريدون الانتقام منا. اقصفوهم في المقابر مباشرة، فهذه فرصة لا تتكرر. لا يتجمع المتآمرون في مكان آخر بمثل هذه الكثافة والسهولة. واعلموني بالنتائج مباشرة بتقارير فورية".

أشعر بالانهيار من الإنهاك والنعاس، جسدي يؤلمني، وروحي تؤلمني، لكني لا أجرؤ على العودة إلى سريري العسكري المريح في وكري المظلم. ينبغي الانتهاء من قصف المقابر حتى ينقطع سيل أشباح أهالي الموتى وأصدقائهم من التسلل إليه، ويهددوني بعصيهم الغليظة.

أجلس على الكرسي في الغرفة، محاولاً أن أغفو. لكن هذا الإسهال الشديد يمزق إمعائي، لا تنفع معه عقاقير أطبائي الأغبياء، يلوثني ويلوث بذلتي العسكرية. على كل الأحوال، اعتدت على رائحته، لم تعد كريهة، إذاً سأبقى جالساً هنا ما دمت سأغفو.

كأنني أجد نفسي جالساً على سور مقبرة كبيرة، تمتد قبورها الكئيبة أمامي دون نهاية. أرى حشوداً ضخمة من الناس يدخلوها بفوضى، وهم يحملون عشرات الألواح الخشبية، ملقاة عليها جثث، دون أكفان بيض. ينشدون أغاني دينية حزينة بإيقاع ممل، ويذرفون الدموع. ثم ينزلون الجثث باحترام في خندق طولي، دون أن ينفكوا عن الإنشاد، وذرف الدموع. لا أفهم سبب كل هذا الغباء، من مات قد مات، وانتهى، فلماذا يبكون؟ ليلقوا بالأموات في حفرة جماعية، أكداساً فوق بعضهم البعض، ويهيلوا التراب سريعاً، من أجل أن يعودوا سريعاً إلى منازلهم، ويتناولوا العشاء، ويمارسوا الجنس بعده.

فجأة، تسقط قذيفة مدفع على المقبرة، تنفجر بصوت يصم الأذان، فتجعل الأرض تهتز متراقصة بعنف شديد. ومن شدة ارتجاج الانفجار، أسقط عن السور، وأتدحرج على الأرض حتى أصل إلى قبر قديم مفتوح، وأنزل فيه، أنا وبذلتي العسكرية، بأوسمتها الوطنية،

ويلحقني غبار كثيف. أصاب بذعر شديد، وأنا أشعر بهيكل عظمي لأحد الأموات القدامى يتلقاني في الحفرة، ويعانقني بشدة. أتخلص منه بصعوبة، وأحاول النهوض، وأنا أشعر بألم شديد أصاب حوضي، وسائلاً لزجاً يسيل مني. يبدو أن شظية أصابتني، وهذا دمي يبللني. أطل برأسي من الحفرة، فأشاهد تتالي تساقط القذائف فوق المقبرة، وأتبين بوضوح كيف تتطاير حشود المشيعين وجثث أمواتهم مشتعلة بالنيران والدخان في فضاء المقبرة، فيما تعلو هنا وهناك أصوات العويل. تنفجر قذيفة قرب حفرتي، فأسقط من جديد.

يبدو أن السقوط الأخير في القبر كان عنيفاً، فأوقعني عن الكرسي في الغرفة، وأيقظني من كابوسي، فيما حوضي يؤلمني. وهذا السائل اللزج الكريه الرائحة، الذي أتمرغ فيه، ليس دمي، إنه ما أفرغته إمعائي نتيجة الإسهال الشديد الذي لا يفارقني.

لا ينتهي كابوس المقبرة، مع أني لست مرمياً في قبر قديم، بل متمدد على أرض الغرفة، إذ ما زلت أرى الجثث متطايرة في الهواء. نعم، هنا في فضاء الغرفة، تطايرت وعلقت فيه ساكنة، لا تريد أن تسقط. لكن، لماذا العيون في وجوهها ترمقني بتهديد مريع؟ غريب، فالأموات يغلقون عيونهم وينامون إلى الأبد. متى سينتهي هذا الكابوس المريع؟

ما زال يتناهى إلى سمعي صوت انفجار القذائف، وما يتبعها من هرج ومرج، وصراخ الهلع نفسه الذي سمعته في المقبرة، لكنه يصدر الآن من باحة القصر. يدخل حارسي الشخصي الغرفة مذعوراً، يتعتع متردداً: "سيدي الزعيم الجنرال، سقطت قذيفة في باحة القصر، فتحطم...".

يصمت متردداً، كأنه يشم رائحة كريهة، فيبدو التقزز على وجهه. يتلفت في الاتجاهات كلها، دون أن يستطيع تحديد مصدرها.

أنهض بصعوبة. أسأله، وأنا ساه: "أين سقطت القذيفة؟ في المقبرة أم في القصر؟".

يبدو أن السؤال قد بلبله: "أي مقبرة، سيدي الزعيم الجنرال! سقطت هنا في باحة القصر. الجنود يتراكضون في كل مكان، بعضهم يقول إن المتمردين قصفوا القصر".

إذاً، هذه ليست قذائف مجد انتصاراتي، التي يحدثني بها المستشارون، أيها اللعين.

أسأل الحارس: "ألا تشاهد ماذا يحلق في فضاء الغرفة؟".

"لا أرى شيئاً، سيدي الزعيم الجنرال، فراغ فقط".

"ألا تشاهد جثثاً معلقة في الهواء؟".

يجول الحارس ببصره في فضاء الغرفة، ثم ينظر إلي ببلاهة، كأنه يستنكر سؤالي، دون أن يجرؤ على الاعتراض. ويجيبني: "بلى، ما دمتم ترونها، فأنا أراها أيضاً، سيدي الزعيم الجنرال".

"ما الذي تراه بالضبط؟".

يتردد، يبحث عن جواب، ويقول بعد برهة: "نسيت ما أراه. آه، تذكرت. أشاهد ما تشاهدونه بالضبط، عصافير تزقزق على الأغصان، سيدي الزعيم الجنرال".

وينسحب هارباً من الغرفة.

أنظر إلى الجثث الساكنة المعلقة في فضاء الغرفة، فيريعني كم هي مشوهة، وممزقة، بل لا يزال بعضها ينزف دماً. لا أدري لماذا وجوهها دون ابتسامات، ربما هي حزينة. بالتأكيد، على أمواتها، وعلى موتها المفاجئ في المقبرة. وأنا أيضاً حزين. أحاول التذكر لماذا أنا حزين. لا أعرف. ربما أنا حزين لأجلها.

مئات من الأشخاص جاؤوا إلى المقبرة، كي يدفنوا أحباء لهم، فإذا بهم يُدفنون معهم. هل يحبونهم إلى هذه الدرجة حتى يذهبوا معهم إلى الظلمات؟ لا أظن، فهم كانوا يريدون العودة إلى منازلهم، من أجل تناول العشاء، وممارسة الجنس. إذاً، أنا حزين لأجلهم.

ماذا يحدث لي؟ كأنني أذرف الدموع، وأنشج. بل أبكي، وأشعر بالاختناق. لم أبكِ في حياتي مثل هذا البكاء المر، بسبب شدة الحزن الذي ينتابني، بحيث يضج بصوت عال. يبدو أن ضجيج بكائي يلفت انتباه حارسي الشخصي، القابع أمام باب غرفتي، فيفتحه بهدوء، ويطل برأسه ليرى فيما إذا أصابني مكروه. ينظر إلي مستغرباً، وهو يرى دموعي تبلل وجهي. يتردد في قول شيء، يتراجع، يهز رأسه بغباء، ثم يسحبه، ويغلق الباب.

حزين أنا من أجل الزوجات اللواتي ينتظرن عودة أزواجهن من المقبرة. أتخيل حديثاً بين الجارة التي علمت بما حدث في المقبرة مع الزوجة المشغولة بإعداد الطعام.

تقول الجارة: "لكن زوجكِ لن يعود من المقبرة، فلماذا تحضرين العشاء؟".

"بلـى، لقد وعدني بالعودة سـريعاً، بعـد أن يدفن أخاه الذي مات في التظاهرة".

"لكنهم دفنوا زوجك في المقبرة".

"أنت تخلطين، الأخ هو الميت، وزوجي هو الحي".

أبتسم لتخيل مثل هذا الحوار الجميل. هذه طرفة، لم أسمع بمثلها فـي حياتـي كلها "ذهب رجل ليدفن أخاه في المقبرة، فتم دفنهما معاً، وفي القبر نفسه".

أمسـح دموع البكاء، وأضحك. أتخيل الآن أن الزوجة سـتترك العشاء علـى الطاولـة، وهـي تنتظـر زوجهـا، فأضحـك أكثر. ثم سـتأكل العشـاء لوحدهـا، وتذهـب إلـى النـوم دون أن تمـارس الجنـس، فأقهقه بصوت عالٍ. تسيل من عينيّ الدموع، ليس من الحزن هذه المرة، وإنما بسبب شدة انفعالات الضحك.

لم أضحك في حياتي بمثل هذا الانبساط، بحيث أن صوت ضحكي لفت انتباه حارسـي الشـخصي، القابع أمام باب غرفتي، فيفتحه بهدوء، ويطل برأسه ليرى لماذا أنا مسرور إلى هذه الدرجة. ينظر إلي مستغرباً، وهـو يرانـي أتقلب على الأرض مقهقهاً، وممسـكاً خاصرتيّ بيديّ. يتردد في قول شيء، يتراجع، يهز رأسه بغباء، ثم يسحبه، ويغلق الباب.

لـن أعـود إلـى وكري فـي السـرداب، لا أعرف مـاذا ينتظرنـي هناك. سـأبقى في الغرفة، وأنام جالسـاً على هذا الكرسي غير المريح. سأبقى، رغم أن الجثث لا تزال معلقة هنا فوقي في الهواء، ونظراتها تبث الذعر فـي قلبـي. لكنهـا لا تحمـل عصيـاً غليظة، مثـل أولئك المتوحشـين في القبو، ويريدون ضربي حتى الموت.

أحـاول أن أغفـو قلـيلاً، إلا إننـي ألقـي مـن وقت إلى آخر نظرة عابـرة، بجفـن نصف مغمض، على الجثث المعلقة في فضاء الغرفة. أطمئـنُ، مـا زالـت علـى حالهـا صامتة. رغـم نظراتهـا العدائيـة، لا تهددني بشـيء، وأغفو.

يتناهـى إلى سـمعي نشـيج غريـب، لا يلبـث أن يتعالـى، دون أن أعـرف مصدره. نشـيج أقرب إلى بـكاء هامس لنسـوة حزينـات، مما يثيـر بـي قلقاً مزعجاً. فجأة، تبدأ عيون الجثث المعلقة بذرف الدموع حزنـاً، كأنها تسـمع هذا النشـيج، وتتألم لـه. يا للغرابة، دموع ليسـت شـفافة، إنما حمراء اللون، لم أر مثلها في حياتي، إنها دماء، ويتحول قلقي إلـى ذعر. وبمقدار ما يعلو صوت النشـيج، تـذرف العيون دماء حمـراء أكثر. وسـرعان مـا يهطل فضـاء الغرفة مطراً مـن دم، وبغزارة، نعـم، مطر فـي الغرفة، ومـن دم، بحيـث أخذ يتسـاقط علـى وجهي، ويسـيل على أنفي، لتتالى خيوطه الدبقة على فمي وذقني، وتتبلل به سـترتي العسـكرية بأوسـمتها الوطنية.

يحكنـي أنفـي وفمي مـن الـدم الدبق الهاطل عليهمـا، أرفع يدي لأمسـحهما بكم سـترتي العسـكرية، فأصحـو مـن نومي، لاكتشـف أن أنفـي يسـيل مخاطاً مزعجاً. أمسـحهما، وأعـود إلى غفوتـي القلقـة، فيهاجمني من جديد صوت نشـيج النسـوة، ويعاود الدم الانهمار على فمي وذقني.

ينهكنـي التعـب، ويمزقني النعـاس، وأكاد أذهب منهاراً في غفوة عميقـة، رغـم الجنـون الـذي يحيط بـي. لكن نشـيج النسـوة يتحول إلى عويل، ويشـتد مترافقاً بلغط مبهم. أفكر، من أين يأتي كل هذا الجنون في اللحظة التي أكاد أغفو فيها؟

أفتح عينيّ المتعبتين، وأنعم النظر فيما حولي، فإذ بي أشاهد عشرات النساء، ذوات سحنات غريبة، قاسية، عابسة. بعضهن يرتدين ملابس قروية قديمة، والبعض الآخر يرتدين لباس فقراء المدينة. واقفات في طرف الغرفة، مشدودات القامة، بنظرات موجهة لي، توحي بالتهديد والتحدي، ومنهن من يصدرن الصراخات الضاجة، وعليهن تمطر دموع الدماء.

غريب أمر هاته النسوة المتوحشات. من أين أتين؟ وكيف تسللن إلى القصر؟ كأنهن يردن النيل مني، مثل حشود القبو الهائجة.

يشتد الشواش المجنون في رأسي، فأرمي النسوة بطاولة، وأنا أصرخ بهياج ثور: "اذهبن من هنا أيتها الحقيرات. أريد أن أنام، وأنتن لا تتركنني أرتاح، لا في اليقظة ولا في المنام".

تعلق الطاولة في فضاء الغرفة، لا تصيب أحداً، ولا تسقط أرضاً. تبقى معلقة في الفضاء.

يدلف حارسي الشخصي الغبي إلى الغرفة مسرعاً ببندقيته، وقد سمع صراخي. أخاطبه: "اقتلهن جميعهن، لا تدع ولا واحدة منهن حية في الغرفة. ثم أنزل هذه الطاولة العالقة في الهواء أرضاً".

يمسك الحارس البندقية بوضعية المتأهب للإطلاق، وهو ينظر كالأبله في جميع الاتجاهات. يسألني: "أقتل من، سيدي الزعيم الجنرال؟ لا أحد في الغرفة، ولا طاولة عالقة في الهواء".

أنفجر جنوناً وأنا أقول: "اغرب عن وجهي أيها الغبي، اذهب واقتل نفسك".

لا أدري لماذا يهز هذا الغبي رأسه باستمرار، وهو ينظر إلي، كأنه نسي أنني الزعيم الجنرال.

لحسن الحظ لم أرسل بعد مستشاري الديني إلى بلاد الظلال. أجد دائماً لديه أجوبة شافية في قضايا الأموات. رغم خبثها، إلا أنها تشعرني ببعض الاطمئنان. أسأله: "أيها المستشار الذكي، ماذا ترى في الغرفة حولي؟".

يجيبني بسرعة وثقة بالنفس: "أيها الزعيم الجنرال، لا يحق لي مبادرة الحديث بوجودكم، فأنت الأول والأكثر سمواً. وأستميحكم عذراً لسؤالي عما تشاهدون أنتم في الغرفة، بثاقب بصيرتكم التي تخترق حجب الأسرار؟".

كأنه يشلني بخطابه المغناطيسي، فأرد عليه بسرعة: "نسوة بسحنات غريبة، ينظرن إلي مهددات، وهن يصرخن بوحشية. لا أدري من أين أتين إلى الغرفة؟".

ساحر مشعوذ، هذا المستشار الحقير. يجرني دائماً بخبثه إلى فضح نفسي، فيعرف ما يعتمل في سريرتي. سأصبر عليك ما دمت بحاجة إلى أجوبتك المداهنة التي تعطيني بعض الراحة، قبل أن تفضح أسراري للجميع.

يرد عليَّ بمكر وابتسامة مداهنة: "لا تأبه أيها الزعيم الجنرال، فهذه أطياف نساء شقيات، قضينا على أزواجهن المتمردين في الحملات الأمنية. يبدو أنهن يحاولن التسلل بتمائم سحرية، إلى أحلامكم المجيدة، عندما تنامون بسكينة وعمق، كي يملأن أفكاركم النيرة بالشواش والقلق".

"كيـف نتخلـص مـن فعلهـن الخبيـث، أيهـا المستشـار الذكـي؟ ماذا تقترح؟".

"ببسـاطة، نبيـد زوجـات المتآمريـن جميعهـن، فتنطفئ أطيافهـن المهددة".

"من جديد حملات أمنية، في جميع بيوت البلاد!".

"لا، أيهـا الزعيـم الجنـرال. نعـرف أمكنة محـددة تتجمع فيها هاتـه النسـاء، بعـد أن قتلنـا أزواجهـن المتآمريـن. هـن يتكدسـن كل صبـاح، وبصفـوف طويلـة، فتسـهل مهمتنـا بالقضـاء عليهـن، قنصـاً، أو قصفـاً بالمدافع وصواريخ الطائرات".

"وأين تشتم رائحة تجمعهن أيها الخبيث؟".

"أمـام الأفـران، أيهـا الزعيم الجنـرال، حيث ينتظرن طـويلاً للحصول على الخبز".

"مـا دامت حاسـة شـمكم قوية إلى هـذه الدرجة، ألا تستشـعر هنا رائحة ما أيها المستشار؟".

"بلى، إنها رائحة عطرة تدوخني بشذاها".

"ومن أين تصدر؟".

"منكم، أيها الزعيم الجنرال".

أغفو برأس متثاقلة، ومعدة متشنجة من الجوع والألم. أرى فيما يرى النائم أرغفة خبز طازجة، ساخنة وشهية، تتكدس بأكوام على البسطات في الأفران. غير بعيد عنها، تتجمع نسـاء في أطراف الحارات، يمددن

رؤوسـهن بحذر ليشـمنّ رائحة الخبز الشـهية المنبعثة من الأفران، دون أن تجـرؤ إحداهـن علـى الاقتراب منها. إذا ما فعلت، فسـرعان ما تنالها رصاصـة قنـاص، أو تمزقها قذيفـة، تجعلها تطير أشلاء فـي الفضاء، وراء أحلام الخبز.

الخبز هو ملك لشرفاء الوطن فقط، الذين يتغنون بمجدي ليل نهار، فتأتيهم الأكوام الشـهية منه بلا انقطاع. أما أنتم أيها الرعاع المتمردون، فلتأكلوا تبناً يابساً، وحساء حجارة مطبوخاً بالماء، جراء نواياكم الخبيثة ضـدي، بانتظـار أن يصطادكـم قناصـة اللحظـات المريبـة التـي تشـوش راحتي، أنا الزعيم الجنرال.

فجـأة، أرى بذهول شـديد أرغفـة الخبز الدائرية تنهـض على حرفها أمام الأفران، وقد تضخمت، وانتفخت بحجم إطارات الشاحنات. تنتظم بصفوف طولانية وراء بعضها البعض، ثم تتقدم إلى الأمام، وهي تتدحرج بخـيلاء وخفـة علـى الأرض، وتمضـي. غريـب، أين تمضي؟ إنهـا تنفصل مجموعات، وتتوزع في الحارات، وهي تتمايل مغناجة بصفوفها، زاهية ببخارهـا المتصاعـد في الهواء. عجباً، لم أشـاهد فـي حياتي أرغفة خبز تتجول في الشوارع، تتقدم وهي تتدحرج لوحدها!

سـرعان ما يبطل العجب، حين أكتشـف السبب، إذ سرعان ما أتبين صبيـة عفاريـت، مشـعثي الشـعر، حفـاة، يدفعـون الأرغفـة. يحمل كل منهم قضيباً قصيراً قاسـياً من أغصان شـجر الرمان، ويدفعها دوراناً، كأنه يلعب بها لعبة "العصا والطارة". يتراكضون بجانبها، يدفعون رغيفاً هنا، ورغيفاً هناك. ليتني أستطيع اللعب بمثل رشاقتهم، فأنسى المستشارين والقادة الأغبياء لديّ.

لكـن مـاذا تفعلون يا أولاد؟ أرغفة الخبز تذهب إلى أبواب المنازل، وتدخـل إليهـا دون استئذان. هذه منازل متآمرين، فكيف يدخل الخبز إليها؟ أيـن القناصة الماهرون؟ لماذا لا يصطادون هـؤلاء الأطفـال المتآمريـن؟ لقـد تـم تدريبكم طويلاً علـى قنـص الأهـداف الصغيـرة المتحركة، فلِمَ لا تستطيعون إصابتها؟ إنهم شياطين، لا يهدؤون لحظة في مكان، فلا يسمحون لكم بالتسديد بدقة! يتقافزون هنا وهناك بسرعة مجنونـة، فتنفجـر الطلقات بين أقدامهم المتراقصـة، ولا تصيبونهم، ولا حتى بخدش صغير.

كم أنتم أغبياء.

ومـاذا أرى الآن؟ هـل مازلـتُ فـي المنـام، أم صحـوت منه؟ تتسلـل أرغفـة خبز شـهية إلى القصـر، تتدحرج في الممـرات. تصل إلى غرفتي مع صبيتها المتقافزين، وهم يدفعونها بأعوادهم الخشـبية في أرجائها. كيف تسللت دون أن يراها الحراس؟

تتدحـرج أرغفـة الخبز الآن في جنبـات الغرفة، متجولة بين صفوف النسـاء رغـم ازدحامهـن فيهـا. كأنها تغازلهن، وهـي ترتمي بـدلال بين أيديهـن، فيمـا البخـار الشـهي يتصاعد منهـا. تتناولها النسـاء، ويأخذن بقضمها بتلذذ، فيتحرك بي لمرآهن جوع قديم، مع أنني لا أتناول الخبز عادة، فأنا مكتف باللحوم البشرية. أشتهي الآن الخبز، ويسيل له لعابي، كأنني لم أتناوله في حياتي.

اعطوني رغيفاً يا بنات ويا صبيان، أنا جائع مثلكم. لماذا لا تردون علـيّ!؟ أنا الزعيـم الجنرال، آمركم بإعطائي رغيفاً سـاخناً. ما زلتم على حالكم لا تردون. إذاً، أترجاكم، فيداي لا تصلان إلى الأرغفة التي تتراقص

أمامـي، وتتحايـل علـيّ، كـي لا ألتقطهـا. وأنا لا أسـتطيع النهـوض إليها، فإسـهالي الشـديد يجعلنـي أغرق ملتصقاً بالكرسـي. أرجوكـم، أنا جائع، ومعدتي متشنجة من الآلام.

أصـرخ، فيمـا لـم أعـد أعـرف أين أنـا، في الصحـو أم فـي المنام: "أين مستشـاري الديني الخبيث الذي يسـتطيع التحايل على الأطياف في كوابيسي؟".

"أنا بقربكم دائماً، أيها الزعيم الجنرال".

لا أفهم كيف يظهر فجأة، كأنه لم يعد يغادرني، فأسـأله متردداً كي لا ينزلق لساني بفضائح أكثر: "الأطفال؟".

يجيبني بسرعة: "نعم، أعرف أنهم يزورونكم في الأحلام، أيها الزعيم الجنرال. يعكرونها، ويحولونها إلى كوابيس. اطمئنوا، سنبيدهم بسرعة".

"لكنني لا أريد حملات أمنية جديدة طويلة في البيوت؟".

"لا، أيهـا الزعيـم الجنـرال. لن تكون في البيوت. سـنقصف المدارس مباشرة، في أثناء الدوام الرسمي".

"اقصفهـا. المهـم أن تخلصنـي من هؤلاء الشـياطين الصغـار. والآن، اتركني، أنا نعسان، وأريد أن أنام".

وفيمـا أنـا نائم، أسـمع صوت هديـر قذيفة جديدة، تسـقط بالقرب مني، فتهتز الأرض تحتي، ويتراقص الفضاء فوقي.

أيـن أنـا الآن؟ فـي مقبـرة، أم فـرن، أم مدرسـة، أم في قصـر زعيم جنـرال؟ أو ربمـا فـي اللامـكان. لا أجـد حولـي إلا الدخـان والغبـار. لا مقابـر، لا أفـران، لا مـدارس، لا قصور زعمـاء جنرالات. تضيـع المعالم

والاتجاهات. كأنني أصبحت معلقاً في فضاء من دخان وغبار، فلا أعرف أين أنا، ولا من أنا.

يبدو أنني في الصحو، ولست في المنام. يبدو أنه يتم قصف القصر، فالدخان والغبار يحيطان بي، بقصري.

كيف يجرؤون؟ بل وربما أصابت جبيني شظية، وتنزف منه الدماء. أم إن هذه الدماء هي دموع عيون الجثث الهاطلة في الغرفة؟

كان ينبغي النزول إلى السرداب الذي لا يتأثر بقذائف زنتها مئات الأطنان. لكن حشود الأطياف الهائجة احتلته، وينتظرون فرصة الإمساك بي، كي يمزقوني.

كأنني أرى الدخان والغبار يمتدان أمامي بعيداً وبعيداً، دون نهاية. تذكرت بأنه لم يعد هناك أمام القصر لا مدينة ولا بلاد، فلقد مسح عسكري الأرض، ببشرها، وشجرها، وحجرها، وحولوها إلى دخان وغبار.

أين قادتي ومستشاريّ وحرسي الشخصي، في هذا الجنون الدخاني الغباري؟

كأنني أفاجأ بانبثاق حارسي الشخصي من بين الغمامات، ويتقدم نحوي شبحاً مغبراً بالسواد، وهو يترنح متمايلاً كالسكران. أصابُ بالذهول، وأنا أراه مثخناً بجراحه، ومضرجاً بدمائه. يتمتم: "قصف المتمردون القصر، سيدي الزعيم الجنرال، فيما كنتم نائمون بعمق وسكينة. تجاوزت القذيفة باحة القصر، وانفجرت قرب غرفتكم، فانهدم جدارها المشرف على المدينة".

ويسقط الحارس أرضاً أمامي دون حراك.

ينبثق شبح جديد متشح بالغبار والسواد، يخاطبني بصوت محشرج: "أنا مستشاركم الديني، أيها الزعيم الجنرال. جئت أطمئنكم أن الأوضاع أصبحت تحت السيطرة، وقد رددنا المتآمرين عن أسوار القصر، فلا تقلق".

ثقب بولي يؤلمني، ينضح دماً وصديداً، والإسهال يغرقني، وجبيني ينزف، فيما لا ينقطع سيلان أنفي، أو ربما هو الدم الهاطل من فضاء العيون المعلقة. يحكني ظهري بشدة، ويعلو الشواش في رأسي أكثر، يمزقني، بحيث يُعمى بصري في الدخان والغبار، فلا أعود أميز ما حولي.

يطل رغيف خبز من باب الغرفة، ينزلق عبره، متدحرجاً، ويطفو أمامي. ثم يتضخم ويتضخم، بحيث يحتل حيزاً واسعاً من فضاء الغرفة. رغيف خبز ساخن منفوخ، يتصاعد منه بخار ووهج حرارة مختزنة من النيران. كأنه خرج الآن من قصف أحد الأفران، فتثير رائحته الشهية الجوع القديم الكامن في الأعماق.

سرعان ما أتبين على سطح الرغيف المُشقَر نجيمات دماء، مشوية بألق النيران. أشم عبقها الساخن، فإذا بها تنضح بعطر نسوة، اختلط لحم أجسادهن مع العجين. دم يشع منه شبق عميق، قادم من أعماق الزمان، عندما عرف الرجلُ المرأة المشتهاة في الأحلام.

أمسكُ الرغيف بيديّ، فتلسع حرارته أطراف أصابعي. تنفتح الفلقتان عن بعضهما بعضاً، فتهاجمني غيمة كثيفة من البخار، تشعلُ وجهي بحرارة وهج قوي. أنظر ما بين الفلقتين، في غمامات البخار الساخن المتراقص، فأرى جسد امرأة عارية. بالتأكيد، كانت

تقف أمام الفرن، وها أنا أراها الآن تشوى في حرارة البخار. تتقلب فيه مثل فروج، وقد أصبح لحمها مُشقراً شهياً، والدهن يتساقط منه على أرضية الرغيف.

أقضم لقمة من رغيف الخبز، مشبعة بلحم المرأة المشوية. تؤلمني القضمة عند طرف اللسان بسبب سخونتها، فيحترق قليلاً. لكن لا يهم، سأشبع جوعي أخيراً. أقضم لقمة ثانية أكبر، مشبعة بلحم المرأة أكثر، فيحترق لساني كله، وأنا ألوكها. لا يهم، سأستعيد عضوي الضامر، في ثنايا الظلام، مع لحم المرأة الشهية.

وأشعر به يعود، عضوي الضائع، أو ربما انبثق واحد جديد، بدلاً من القديم. ها هو ينتصب الآن، تحت تأثير اللحم الشبق، المشوي في الخبز. أحس بعضوي مشتعلاً بالحرارة، ولهيبها يتسلل إلى كل جسدي. يتضخم، يتصلب، يطول، ويذهب في الغرفة بعيداً جميلاً كما كان.

تصحو كاهناتي القديمات، وعلى رأسهن الغزالة، من اختفائهن المفاجئ. يحضرن إلى الغرفة، وقد سرهن رؤية عضوي منتصباً وممتداً. يزحفن إليه، ويتدافعن، كل منهن تريد امتصاص الشهوة منه. كم يسرني استعادة أمجادي معكن أيتها الكاهنات.

لكن ماذا يحدث للكاهنات؟ من أين برزت لهن أنياب حادة، وتحولن إلى شيطانات؟ لماذا تخرج النيران من أفواههن، والدخان من أنوفهن؟ لماذا تنهشنني كذئبات ضاريات؟ عضوي ينزف الآن تحت الأنياب الناشبة دماً حاراً مشتعلاً بالدخان.

لم يعد الألم الشديد يقتصر على عضوي، بل يصيب جسدي كله، وترافقه حرارة شديدة. هل أنا في صحو أم في منام؟ نار تشتعل بي، أشعر بلهيبها في جسدي كله. نار حقيقية، أرى ألسنتها، وأشم دخانها. أصحو من النوم، وأنا مشتعل بها، فيما حارس يحاول إطفائي بضربي بغطاء صوفي، ورشي بالرمال، وهو يصيح كالمعتوه: "اغتيال، اغتيال، هناك من يحاول قتل سيدي الزعيم الجنرال، فأشعل النار في بنطاله وسترته".

أيها الحقير، لماذا تضربني بهذه القسوة بالغطاء، وترشني بالرمل، أنا وسترتي بأوسمتها الوطنية؟ هل نسيت أنني الزعيم الجنرال!

أصرخ بالأبله كي يتوقف عن ضربي بجنون، وقد انطفأت النيران. يظنّ أنني ما أزال أشتعل، ما دامت خيوط الدخان تتصاعد من بذلتي العسكرية المحترقة. أصرخ به، فلا يسمعني. كأن الصوت يخرج مني دون كلام. يبدو أنني لا أستطيع التحدث بلساني، فقد التوى وتشنج، بعد أن عضضته بشدة في المنام.

تمزقت أطرافه، وأنا ألوكه، وأنا أظنه لحم امرأة الرغيف، ولم أعد قادراً على الكلام. أعوي بدلاً من ذلك، أعوي دون كلام، فيما انفجر ثقب مثانتي بالبول والدم والدخان، وتشنجت معدتي بشدة وهي دون طعام، فأفرغتُ أحشائي على نفسي برائحة كريهة، والأنف لا ينقطع عن السيلان، ينزف دماً حقيقياً الآن، مشوياً برائحة الدخان.

أرى أشباح قادة ومستشارين يتراكضون إلى غرفتي، من بين سدم الدخان والغبار، يتبعهم الحراس، ومن ورائهم خدم القصر. يتساءلون

بضجيج: "من يعوي هكذا بشكل مزعج؟ كيف استطاع كلب حقير أن ينسل إلى غرفة الزعيم الجنرال، ويملأ القصر بالعواء؟".

يجيبهم الحارس: "اهدؤوا، إنه الزعيم الجنرال، يعوي عليّ فقط، بعد أن تعرض لمحاولة اغتيال دنيئة، عندما كان نائماً بعمق وسكينة ".

أعوي من جديد. لا أحد يفهمني. أعوي، لا أريد أن تنزعوا عني سترتي، بأوسمتها الوطنية المسودة بالدخان. أعوي، لا أريد أن أخلع بنطالي المحترق، كي لا يتم اكتشاف عضوي الضائع. أعوي وأعوي باستمرار. لكن لماذا لا يأبهون لعوائي؟ ولا بضمور عضوي؟ أنا الزعيم الكلب الجنرال. أعوي، لا أريد أن تضمدوا جراحي، فأنتم تؤلمونني، عندما ترشون عليّ الأدوية والمطهرات. أعوي، اتركوني وحدي، أنا نعسان، وأريد أن أنام.

أنام ولا أنام، قرع حشود السرداب على باب القبو يشتد. يتحطم، يخرجون منه، وهم يحملون العصي الغليظة، وينتشرون في الغرفة، فيما تتقدمهم الخادمة الصغيرة، وهي تشير إلي، فأعوي.

تضج الغرفة بأصوات مشيعين في مقابر، ينشدون أناشيد دينية، ويكررونها، كأنها دون نهاية. مثل الموت الذي تحمله في ثناياها، فأعوي.

يزداد نشيج النساء المتوحشات في الغرفة، ويتحول من الهمس إلى الجنون. يحاصرني كموتهن المأساوي أمام الأفران، فأعوي.

تصمّ أذني أصوات الأطفال، وهم يتصايحون متراكضين وراء أرغفة الخبز، يدفعونها بأعوادهم لتدور في جميع أنحاء الغرفة. ثم يصعدون أطيافاً من حطام المدارس المقصوفة، فأعوي.

تهطل الغرفة سيلاً مدراراً من الدماء، لا ينقطع، وقد أخذت الجثث المعلقة تتراقص بجنون، في فضاء الغرفة، فأعوي.

تمتلئ أرضية الغرفة ببحر متلاطم من الدماء، يزحف نحوي، يغطي قدميّ، يرتفع إلى ركبتيّ، يصل إلى صدري، يملأ عينيّ، ثم يغمر رأسي. لا أرى إلا دماء، لا أتنفس إلا دماء، فأعوي بصوت مختنق بالدماء.

يحكّني ظهري بجنون في المنطقة التي لا تطالها يدي، ويتصاعد الشواش في رأسي إلى أعلى وحشيته، فأعوي.

يتقدم مني رجل، يمسك مسدساً بيديه ويصوبه باتجاهي. يده أصبحت يدي، تمسك بمسدسي نفسه. أوجهه إلى صدغي وإصبعي على الزناد. يضغط الإصبع بثقة ودون تردد على الزناد. أشعر بالطلقة تمزق دماغي، فأصحو للحظات على ألم حقيقي لرصاصة اخترقت دماغي. لكنني مازلت حياً، لا أدري حياً في الصحو أم المنام.

تمسك يدي من جديد بالمسدس، أوجهه إلى صدغي، ويضغط الإصبع على الزناد، فأصحو على ألم حقيقي. تمسك يدي بالمسدس، يضغط الإصبع، فأصحو. تمسك يدي، ويضغط، فأصحو... يضغط، فأصحو... يضغط، فأصحو، وقد أحاط بي ظلام، ثم عدم.

خاتمة لبدايات جديدة

أما آن للحكايـة أن تنتهي، بعد أن كسـرتْ حواجز الأزمنة والأمكنة، وعبثْتْ بسـير المرويـات. تعبتُ أنـا، وتعبـت الحكايـة معـي، منـذ أن انبثقـت معهـا من عدم فيزيائي ـ كوانتي، وغدوت إلهاً افتراضياً، محاولاً تشكيل عالم محاكاة خاص بي. قررت النزول إلى العالم الأرضي، متلبساً شخصية الإله "بعل" في بلاد الرمال الواسعة، كي أتعامل معهم مباشرة. ثم انتفت الحاجة إلى هذا الإله، فغدوت بدوياً متوحشـاً، ولدتني غولة صحـراء مقفـرة، وأرضعتني ذئبة شرسـة. ولأن الشـر متأصل بي، التجأت إلى "سيد أكوان الشر"، كي تستمر الحكاية، فمنحني جيشاً من الوحوش الغريبة الشـكل والصفات، حولتها إلى جنود بلباس مموه، يتناسـب مع عصـر حديث. وغدوت زعيماً جنـرالاً، دون التخلي عن أصولي الإلهية... هكذا تقول الحكاية، وهكذا تمضي.

انبثقـتُ مـع الحكايـة من دخـان الخيال، وسـأذوي معهـا في دخان الخيال. والآن، ضجرت، ونالني الإنهاك. تنتهي الحكاية، وأمضي معها في اللحظات الأخيرة دخاناً.

KHAYAT

Publishing

Washington, DC
United States

www.khayatbooks.com